LIENS IRRÉSISTIBLES

DES RISQUES À PRENDRE

J.H. CROIX

Ce livre est fictionnel. Tous noms, personnages, entreprises, lieux, évènements et incidents sont un produit de l'imagination de l'auteur ou utilisés dans un cadre fictif. Toute ressemblance à des personnes réelles, vivantes ou mortes, ou à des évènements réels est fortuite.

Copyright © 2026 J.H. Croix

Tous droits réservés.

Design de couverture par Najla Qamber Designs

Aucune partie de ce livre ne peut être reproduite sous quelque forme ou par quelque moyen électronique ou mécanique que ce soit, y compris des systèmes de stockage et de récupération de l'information, sans l'autorisation écrite de l'auteur, à l'exception de l'utilisation de brèves citations dans le cadre d'une critique de livre.

ENTRAÎNEMENT DE L'IA INTERDIT : Sans limiter d'aucune façon les droits exclusifs de l'auteur en vertu du droit d'auteur, toute utilisation de cette publication (dans tous les formats, y compris e-book, imprimé, audio, traduction et tout autre format) pour « entraîner » des technologies génératives d'intelligence artificielle (IA) à générer du texte est expressément interdite. L'auteur se réserve tous les droits de licencier les utilisations de cet ouvrage pour entraîner une IA générative et développer des modèles linguistiques d'apprentissage automatique.

Le présent ouvrage est une œuvre de fiction. Les noms, personnages, entreprises, lieux, événements et incidents sont soit le fruit de l'imagination de l'auteur, soit utilisés de manière fictive. Toute ressemblance avec des personnes réelles, vivantes ou décédées, ou des événements réels est purement fortuite.

La mention d'une entreprise et/ou d'un produit réel n'est faite qu'à titre d'effet littéraire. Ces mentions ne doivent pas être interprétées comme une validation de l'une ou l'autre de ces marques. Toutes les marques et tous les droits d'auteur sont la propriété de leurs détenteurs éventuels.

Chapitre Un

HARLEY

— Grant est carrément sexy, lança mon amie Jodi.

— Quoi ? bafouillai-je, manquant de recracher ma gorgée de café au passage.

— Oh, allez. Ne me dis pas que tu ne l'as pas remarqué, dit-elle d'un ton narquois.

Jodi était une amie d'enfance. Elle était venue passer une semaine en Alaska récemment et nous nous étions appelées pour prendre des nouvelles.

— Grant était rarement là quand tu es venue. Il est souvent absent, ajoutai-je.

Ce détail était vrai. J'espérais simplement qu'elle ne remarquerait pas que j'évitais habilement sa remarque.

— Pas besoin de voir quelqu'un tous les jours pour remarquer qu'il est sexy. Et au fait, je vois bien que t'essaies de changer de sujet. Tu ne trouves pas qu'il est canon ?

Je laissai échapper un soupir.

— Bien sûr que si. Objectivement parlant.

Heureusement qu'on était au téléphone, car j'étais rouge comme une pivoine.

— Il a un regard... envoûtant. Tu crois qu'il a des pouvoirs magiques ? plaisanta-t-elle.

— Je ne sais pas, répliquai-je d'un ton amusé.

Grant avait en effet un regard des plus troublants. Ses yeux, d'un bleu glacier perçant, étaient cerclés d'une teinte plus sombre. Comme Jodi l'avait fait remarquer, il était *carrément* sexy. Ce type était sculpté comme un athlète alors qu'il ne mettait jamais les pieds à la salle de sport.

Par hasard, je me trouvais dans ma chambre, face au grand miroir fixé sur la porte. En jetant un coup d'œil à mon propre reflet, je retins un soupir. Me qualifier de « pulpeuse » eût été un euphémisme flatteur.

J'aimais manger. Et ici, les tentations culinaires ne manquaient *vraiment pas*.

Ignorant tout du fil de mes pensées, Jodi ajouta :

— Je pense que vous feriez un beau couple.

— Quoi ?! bafouillai-je. Grant a du mal à me supporter. Crois-moi, je ne pense pas qu'on irait bien ensemble.

— C'est comme au primaire. Le garçon le plus insupportable, celui qui te charrie tout le temps, est souvent celui qui a un faible pour toi.

— On peut laisser tomber ce sujet, s'il te plaît ?

— Je pense que c'est difficile de l'ignorer puisque tu dois vivre avec lui, taquina-t-elle.

— Comme si je ne le savais pas déjà, grommelai-je à contrecœur.

Elle gloussa.

— D'accord, j'abandonne... mais si tu te braques autant, c'est que j'ai vu juste.

— Si tu le dis.

— Je suis vraiment contente d'avoir pu venir te voir. Merci de m'avoir invitée, dit-elle sincèrement.

— De rien. Je pense que tout le monde devrait venir en Alaska au moins une fois. C'était sur ma liste de lieux à visiter avant même que Diego ne vienne s'installer ici. En parlant de colocs, tu pourrais reconsidérer ta décision et venir t'installer dans le coin. Je suis sûre que tu pourrais trouver du boulot.

— Ça a l'air sympa, mais je ne pense pas que je pourrais supporter l'hiver là-bas. Je suis née et j'ai grandi au Texas, donc j'aime la chaleur.

J'éclatai de rire.

— Je comprends. Les hivers ici sont impitoyables, je ne vais pas prétendre le contraire.

— Merci pour ton honnêteté, dit-elle d'un ton impassible.

Nous bavardâmes encore un moment pour nous tenir mutuellement au courant de nos vies.

— Grant t'aime bien ! lança Jodi d'une voix chantante, alors que nous étions sur le point de raccrocher.

En gémissant, j'appuyai sur le bouton pour mettre fin à l'appel. Je lui avais déjà dit au revoir. Je n'avais pas besoin de mordre à l'hameçon et d'argumenter à nouveau. Je jetai mon téléphone sur le lit, récupérai mon ordinateur portable sur la commode et m'installai confortablement contre les oreillers. Mon travail s'effectuait principalement en ligne. Je travaillais comme graphiste indépendante et je faisais aussi de la transcription médicale. J'adorais le design graphique. En plus de mon flux régulier de travail en ligne, je m'occupais également de toutes les illustrations de marketing pour le centre de villégiature où je vivais. Parfois, je travaillais au rez-de-chaussée parce que j'avais souvent la maison pour moi toute seule.

Je me remis à rougir, même si j'étais seule dans ma chambre. Grant était *vraiment* sexy et plutôt mignon. Il était également très gentil. Je ne tombais pas facilement amoureuse des gentils garçons. Les relations n'étaient pas mon truc. Il était hors de question que je risque de chambouler ma vie de rêve en m'autorisant à tenter quoi que ce soit avec Grant. J'étais logée et nourrie gratuitement — les repas étaient délicieux, en passant — et je vivais près de mon frère.

Je vivais et travaillais à Walker Adventures, un centre de villégiature et d'activités situé à l'extérieur de Diamond Creek, l'un des joyaux côtiers du centre-sud de l'Alaska. Diamond Creek était une belle petite ville nichée au pied des montagnes, bordée par les eaux scintillantes de la baie de Kachemak.

Mon frère Diego était pilote d'avion et travaillait également pour Walker Adventures. C'était l'un de ses meilleurs amis, Flynn Walker, qui en était le propriétaire. Ils avaient servi dans l'armée de l'air ensemble. Lorsque j'étais venue lui rendre visite, j'avais fini par rester. Mon frère vivait dans la maison du personnel, mais il était tombé amoureux et avait déménagé pour vivre avec sa petite amie. Je me retrouvai donc à y vivre avec Grant et Cat, le frère et la sœur cadets de Flynn.

Grant était un homme occupé et il était souvent absent, ce qui était un grand soulagement parce que je craquais pour lui depuis que j'avais emménagé ici. Je n'arrêtais pas de me dire que je finirais par m'en remettre. Malheureusement, mon corps ignorait tous les signaux que mon cerveau lui envoyait. Je m'efforçais d'être dure avec moi-même. J'avais même mené des combats mentaux sans merci avec mes hormones, mais elles étaient assez puissantes pour avoir raison de ma force de volonté.

Je soupirai bruyamment dans la chambre et je tapotai l'écran de mon ordinateur. J'avais du travail à faire sur le site Internet de Walker Adventures, alors autant m'y consacrer tout de suite. Les clients ne manquaient pas, mais je voulais malgré tout améliorer leur site Web. J'avais commencé à créer des profils pour tous les pilotes. Bien sûr, mon vilain petit index cliqua sur l'onglet qui conduisait au profil de Grant.

Bon sang. Mon pouls s'emballa comme celui d'un pur-sang au galop.

Sa photo s'afficha. Il était beau, musclé, avec des traits si parfaits qu'on aurait dit l'œuvre d'un sculpteur. Il avait un air de famille évident avec son frère Flynn. Je cliquai sur le profil de ce dernier. Aucune réaction. Mon pouls était tout à fait normal.

Je retournai sur le profil de Grant. Il avait des cheveux blond foncé et des yeux bleu glacier bordés d'un anneau charbonneux, des pommettes anguleuses, un nez droit, une mâchoire carrée et des lèvres charnues. Par curiosité, je refis le test avec Flynn.

Toujours aucune réaction. Flynn filait le parfait amour avec Daphné. Je n'avais aucun désir caché pour Flynn. Vraiment pas, mais si mes hormones pouvaient réagir *un tant soit peu* à lui, je me sentirais peut-être moins obsédée par Grant.

Jodi n'avait pas exagéré : Grant était *terriblement* sexy. Mais elle s'était complètement trompée en insinuant qu'il s'intéressait à moi. Il était gentil, oui, mais il me traitait comme sa sœur Cat, ni plus ni moins. Je soupirai à nouveau. Je fermai l'onglet du profil de Grant, abandonnant ce projet pour me concentrer sur autre chose.

Quelques heures plus tard, j'étais profondément endormie. Sans savoir pourquoi, je me réveillai en sursaut. Mon ordinateur avait glissé de mes genoux et reposait à côté de moi sur le matelas. J'entendis un bruit, puis je jurai avoir entendu la voix de Grant. *C'est quoi ce bordel ?*

Je m'étais endormie en portant un pantalon de survêtement et un vieux T-shirt. Je me levai péniblement et me dirigeai vers le couloir. Sa porte était ouverte, la pièce plongée dans l'obscurité. Aucun signe de Grant. L'inquiétude me gagna et je descendis précipitamment les escaliers. Je sortis sur le porche et j'entendis alors d'autres bruits. Le détecteur de mouvement avait déjà déclenché la lumière du porche. Un énorme orignal mâle piétinait nerveusement le sol, l'air souverain.

— Grant ? lançai-je.

— Ouais ? grogna-t-il, la frustration transparaissant dans son ton.

— Tu vas bien ?

— Pour l'instant, oui. Mais il faut faire déguerpir ce bestiau.

Je me mis à observer l'orignal, qui m'ignorait complètement. Un coup d'œil autour de moi me permit d'apercevoir la pelle à neige, rangée dans un coin du porche. Ce n'était pas encore l'hiver, mais elle était prête à servir. Je la saisis et la frappai violemment contre la rambarde. Le son résonna bruyamment. L'orignal interrompit son manège et tourna lentement la tête vers moi. Ses bois étaient éclairés par la lumière du porche. Un frisson d'adrénaline me parcourut et je frappai à nouveau la rambarde.

L'orignal recula d'un pas et me regarda avec méfiance. Je descendis précipitamment les marches et ramassai une pierre. D'un geste vif, je la lançai et l'atteignis à la croupe. L'orignal s'ébroua et se retourna une fois de plus pour me regarder. Puis, comme s'il jugeait que nous n'en valions pas la peine, il s'enfonça dans l'obscurité.

— Il est parti ! lançai-je.

— Je vais attendre un peu, juste au cas où, répondit Grant.

Il resta immobile, attentif, jusqu'à ce que les bruits de sabots disparaissent. Pendant ce temps, je me tenais sous le porche.

Grant s'approcha dans l'obscurité. Mes yeux me trahirent en l'observant lorsqu'il pénétra dans le cercle de lumière projeté par le porche. Il hésita un bref instant avant de continuer à marcher. Avant même de m'en rendre compte, je dévalai les marches du perron.

— Grant ! Tu vas bien ?

Il s'arrêta devant moi et je levai les yeux. Il avait une vilaine égratignure sur la joue et sa chemise était déchirée. Du sang imprégnait le tissu en lambeaux sur son épaule.

— Qu'est-ce qui s'est passé ?

— L'orignal m'a donné un coup de sabot, dit-il en haussant les épaules comme si ce n'était rien de spécial.

Il me contourna, monta les marches et passa la porte ouverte. Je me dépêchai de le suivre.

— Grant ! m'exclamai-je en claquant la porte derrière nous.

Il entra dans la cuisine, prit un verre dans le placard et ouvrit le robinet pour le remplir d'eau. Quelques secondes plus tard, il but le verre d'un trait avant de se retourner et de me regarder.

— Je vais bien.

— Tu saignes ! m'écriai-je.

— Mon visage n'a pas trop morflé, dit-il en touchant légèrement la zone éraflée.

— Ce n'est pas ton visage qui m'inquiète. De toute évidence, il est juste éraflé.

— Oui, c'est arrivé quand je suis tombé, précisa-t-il.

— Regarde ton épaule, dis-je en pointant du doigt son épaule ensanglantée.

Il baissa les yeux avant de les écarquiller légèrement de surprise.

— Oh, merde. Je n'avais même pas remarqué.

— C'est à cause de l'adrénaline, expliquai-je.

Je me rapprochai de lui avant de le faire asseoir un peu brutalement sur une chaise dans la cuisine.

— Laisse-moi voir. Tu pourrais avoir besoin de points de suture.

— Oh, arrête tes conneries. Je n'ai pas besoin de points de suture, Harley, murmura-t-il.

Je commençai à écarter le tissu, mais je me rendis compte qu'il était sale.

— Enlève ta chemise, ordonnai-je.

Jamais je n'aurais cru dire ça un jour à Grant Walker.

Il s'exécuta et je m'efforçai de ne pas remarquer son torse musclé, bronzé, constellé de poils ambrés. Son épaule était déjà enflée et la coupure était profonde.

— C'est ici qu'il t'a donné un coup de sabot ?

— Je ne sais pas. Il m'a foncé dessus, tout s'est passé très vite. Je suis tombé. J'ai dû m'écorcher le visage sur un rocher ou autre et me blesser l'épaule en même temps.

— Il faut désinfecter tout ça. Je pense qu'on devrait t'emmener à l'hôpital.

— Non, ce n'est qu'une coupure. Il y a une trousse de secours dans cette armoire, dit-il en inclinant légèrement la tête vers le meuble d'angle.

Je m'empressai d'aller chercher un bac en plastique rempli de pansements, antiseptiques et autres fournitures. Ici, chez Walker Adventures, toute la famille et les employés étaient des durs à cuire, adeptes du plein air. Ils risquaient leur vie en volant régulièrement dans le ciel de l'Alaska. Par conséquent, la trousse de secours était remarquablement bien fournie.

— Laisse-moi d'abord nettoyer. Je vais utiliser de l'eau chaude et du savon, puis je désinfecterai.

Quelques instants plus tard, j'observai attentivement la coupure. Elle était propre, mais elle devait quand même lui faire sacrément mal.

Grant jeta un coup d'œil à son épaule.

— Mets quelques sutures adhésives et recouvre-les avec un grand pansement.

— Tu sais, tu n'as pas besoin de jouer les durs. Quelques vrais points de suture ne seraient pas de trop.

— Je n'ai pas besoin de points de suture, Harley, insista-t-il.

Je levai les yeux au ciel. Mon cœur battait la chamade depuis que j'avais vu qu'il était blessé et l'inquiétude me tenaillait. L'égratignure sur sa joue commençait à enfler.

— On dirait que quelqu'un t'a frappé au visage, commentai-je.

— Si on me demande, je dirai que c'est toi qui m'as frappé, répondit-il avec un clin d'œil et un rapide sourire.

Ce même sourire qui faisait régulièrement faire des sauts périlleux à mon estomac, comme maintenant. Malgré le fait qu'il était blessé, mes hormones n'en faisaient qu'à leur tête.

Chapitre Deux

GRANT

Harley était très attachante et j'avais envie de l'embrasser. J'en avais envie depuis trop longtemps, mais je n'avais pas le droit de céder à cette tentation. Malheureusement, elle se trouvait être ma colocataire. Chienne de vie.

— Grant, je pense vraiment qu'on devrait aller à l'hôpital, dit-elle en agitant littéralement son doigt devant moi, comme si j'étais un enfant.

— Et moi, je pense vraiment que tu devrais sortir les sutures adhésives, verser de l'eau oxygénée ou de l'alcool dessus, puis panser mes plaies.

Sans réfléchir, je tendis les bras et posai mes mains sur ses hanches pour la faire pivoter. — Il y a de la pommade antibiotique dans le plus petit récipient du placard, ajoutai-je.

Putain de merde. Ses hanches étaient douces et mes doigts s'enfoncèrent légèrement dans ses courbes généreuses. Heureusement que j'étais assis, car je bandais sérieusement à ce moment-là. Tout ça à cause de Harley, la petite sœur de mon ami. J'avais moi-même deux sœurs cadettes. Je connaissais les règles : on n'était pas censé tomber amoureux de la sœur de qui que ce soit. Et surtout pas d'une sœur cadette.

Harley s'éloigna et retourna vers le placard, ses hanches se balançant à chaque pas. Elle attrapa le petit récipient en question, revint vers moi et l'ouvrit.

— Oh, je vois. Je devrais utiliser l'alcool juste parce que tu ne veux pas suivre mes conseils, marmonna-t-elle.

— Vas-y.

Elle regarda de nouveau dans ma direction avant de secouer la tête.

— Non, ce serait méchant.

Elle souleva la bouteille d'eau oxygénée, imbiba une boule de coton et la pressa doucement sur la coupure. Je sentis le peroxyde faire des bulles et me piquer légèrement, mais ce n'était pas si terrible.

Elle s'affaira en silence, nettoyant soigneusement ma plaie avant d'y appliquer la pommade antibiotique, puis suivit mes instructions pour la bander.

— Cette entaille fait plus de sept centimètres de long. Ça va certainement laisser une cicatrice, annonça-t-elle.

Je levai les yeux vers elle. Elle se tenait près de moi, me touchait depuis tout ce temps, mais j'étais resté concentré sur ses gestes. La douleur de la coupure y était pour beaucoup. Mon épaule commençait à me lancer. Mais soudain, comme si un interrupteur s'était enclenché, toute mon attention se porta sur Harley — ses cheveux brillants, presque noirs, ses grands yeux verts, ses lèvres sensuelles et son nez retroussé.

Elle sortit sa langue et la passa sur sa lèvre inférieure.

— Comment tu te sens ? demanda-t-elle.

J'avais tellement envie de la toucher que mes doigts me démangeaient. Mon désir pour elle était si intense que j'avais l'impression que mes extrémités vibraient.

Son regard s'assombrit et je vis sa jugulaire battre rapidement à la base de sa gorge. Mon cœur, quant à lui, battait la chamade dans ma poitrine.

— Très bien, dis-je d'une voix rauque avant de me racler la gorge.

Elle passa une nouvelle fois sa main sur le bandage pour s'assurer qu'il tenait bien en place.

— Tu devrais prendre de l'ibuprofène avant d'aller te coucher. Tu risques d'avoir mal.

— C'est déjà le cas, répondis-je honnêtement.

Ses yeux se tournèrent à nouveau vers les miens et elle cligna des yeux. Elle me quitta aussitôt, se précipitant vers l'armoire près de l'évier où l'on gardait des comprimés d'ibuprofène.

— Combien ? demanda-t-elle après avoir trouvé le flacon.

— Deux, répondis-je.

Elle secoua le flacon pour faire tomber deux pilules au centre de sa paume avant de revenir vers moi. Ses doigts effleurèrent les miens lorsqu'elle me les tendit, en même temps qu'un verre d'eau. Je les avalai rapidement. À cet instant, tout me parut bruyant. Le bruit de ma déglutition résonna dans la cuisine silencieuse. L'horloge accrochée au mur au-dessus du poêle égrenait ses *tic-tac*, l'un après l'autre. Je ne me rendis même pas compte que j'avais déjà perdu la bataille que je menais en mon for intérieur pour tenter de garder mes mains pour moi. Car je réalisai soudain que ma paume reposait sur sa hanche, là où elle commençait à s'évaser sous sa taille.

Elle en eut le souffle coupé.

— Grant ?

Je décelai un sous-entendu à peine perceptible dans sa question.

— Oui ?

— Qu'est-ce que tu fais ?

Je faillis lui dire la vérité — que je voulais l'embrasser — mais c'eût été déraisonnable, imprudent et *vraiment* stupide. Je serrai légèrement sa hanche avant de la tapoter.

— Merci.

— Pour quoi ?

— Oh, pour avoir chassé l'orignal avec une pelle et une pierre et pour avoir bandé mon épaule, plaisantai-je légèrement tout en m'efforçant de ne pas penser à la sensation de ses lèvres sur les miennes.

Ses pommettes anguleuses prirent une teinte rosée, puis elle me regarda fixement. Je sentis qu'elle savait que je ne lui disais pas tout. Au moins, je ne lui avais pas menti. J'avais vraiment apprécié son aide.

— Je suis sûre que tu aurais pu gérer ça toi-même. Tu as passé toute ton enfance en Alaska, après tout.

Je forçai ma main à s'éloigner de ses hanches, alors même que je mourais d'envie de l'embrasser à pleine bouche. Je haussai les épaules.

— J'ai peut-être croisé plus d'orignaux que toi, mais ils sont imprévisibles.

Elle renifla avant de se détourner et de rassembler rapidement le matériel de premiers soins.

— Peut-être, mais je n'en avais encore jamais vu un d'aussi près.

— Sérieux ? Ça fait déjà plus d'un an que tu vis ici.

Elle haussa les épaules.

— Je sais, mais je m'étais contentée de les observer de loin. Celui-ci avait l'air terriblement grand.

Je laissai échapper un rire sincère.

— C'est vrai qu'il était assez grand. Mais je pense que tu avais une meilleure vue que moi, puisque tu étais sous le porche. Dès que je l'ai entendu arriver, j'ai essayé de m'écarter, mais j'ai quand même reçu un coup de sabot. Les orignaux sont grands en général.

— Est-ce qu'il y a un risque qu'il revienne un jour ? demanda-t-elle, l'air sincèrement inquiète.

Puis elle se mordit la lèvre inférieure, un tic qu'elle devait adopter uniquement pour me torturer. Mon membre se mit à palpiter et je m'agrippai au bord de la chaise.

— Peut-être, mais dans tous les cas, on doit toujours garder l'œil ouvert. Il y a beaucoup d'orignaux dans le coin.

— Si j'en croise un, je dois juste faire beaucoup de bruit, c'est bien ça ?

— Oui. Comme je te l'ai déjà dit, ils sont myopes. Tu dois t'assurer qu'ils t'entendent avant qu'ils ne te voient. Le temps qu'ils te voient, ce sera peut-être déjà trop tard. Je suis rentré à pied et je n'étais pas très attentif.

— T'as passé ta soirée au bar ? demanda-t-elle.

— Bien sûr. Ça te dérange ?

— Pas du tout. C'est ta vie, pas la mienne.

— Tu pourrais sortir avec moi de temps en temps, fis-je remarquer.

— Pourquoi ?

Son ton sec, ses sourcils arqués et le scepticisme de son regard m'agacèrent.

— Pourquoi pas ? On est des colocs. En plus, on est amis, non ?

— Bien sûr, mais je n'aime pas trop les bars. Et sans vouloir te vexer, je n'ai pas spécialement envie de t'accompagner pendant que tu sors et que tu dragues des femmes.

Je levai les yeux au ciel.

— J'y vais juste pour boire une bière ou deux et me détendre.

— En plus, on n'est qu'à moitié des colocs, dit-elle en haussant les épaules.

— Qu'est-ce que ça veut dire ?

Elle croisa les bras et tapota le sol avec son pied.

— Tu n'es pas toujours là. Quand tu sors le soir, c'est rare que tu reviennes avant le matin.

Harley et ses opinions... Je secouai la tête.

— Tu sais que j'ai des amis. D'habitude, je dors juste chez eux. Je ne fais pas ce que tu insinues.

Elle baissa les bras.

— Je n'insinue rien du tout. Bref, peu importe. Je suis contente que tu ailles bien. Bonne nuit, dit-elle d'un ton acerbe.

Ses magnifiques hanches galbées attirèrent mon regard comme

un aimant lorsqu'elle passa devant moi. Je semblais attaché à elle par une corde invisible. Je tournai la tête, l'observant traverser d'un pas vif la large voûte qui séparait la cuisine du salon avant de monter l'escalier. Ses hanches se balançaient de façon suggestive à chaque pas.

Putain, marmonnai-je dans ma barbe.

Quand j'entendis la porte de sa chambre se fermer, je me levai et rajustai mon jean. J'étais soulagé qu'elle soit hors de vue, car mon excitation était visible. Putain. J'allais devoir prendre une douche froide pour régler ce problème.

GRANT

— Qu'est-ce qui est arrivé à ton visage ? demanda Flynn.

Mon frère aîné but une gorgée de café et haussa un sourcil interrogateur.

— Son visage a fait ami-ami avec un orignal, d'après ce que j'ai entendu, plaisanta Daphné, sa femme.

— Un orignal m'a chargé dans le noir alors que je rentrais chez moi hier soir. Il m'a donné un coup de sabot et m'a renversé. Mon visage a pris un peu cher, mais mon épaule me fait carrément mal.

Je roulai prudemment l'épaule en question.

— Aïe.

— Qu'est-ce qui est arrivé à ton épaule ?

— Ça, je n'en sais rien. Lorsque l'orignal m'a chargé et m'a donné un coup de sabot, je suis tombé. Je ne sais pas si c'est lui ou le sol qui m'a blessé. Harley l'a nettoyée et l'a bandée hier soir.

Daphné gloussa en s'approchant de moi, ses yeux parcourant mon visage.

— Tu peux quand même piloter un avion ?

— Bien sûr, répondit Flynn en même temps que moi.

Flynn gloussa avant d'ajouter :

— C'est une bonne histoire à raconter aux touristes.

Daphné mit ses mains sur ses hanches.

— Pourquoi tu dis ça? rétorqua-t-elle en se tournant vers lui.

Le sourire de Flynn s'élargit, ses yeux bleus pétillant d'une lueur malicieuse.

— Parce qu'ils adorent ce genre d'anecdotes. Les rencontres avec des ours et des orignaux les fascinent toujours.

— Ma seule rencontre avec un orignal de près m'a suffi, répondit Daphné en soupirant.

— C'est arrivé quand? demandai-je en me servant une tasse de café.

— Lors de mon voyage ici, j'ai fait cette randonnée au bord de la plage dont Nora m'avait parlé. En revenant, j'ai croisé un orignal sur le sentier près du parking. Il ne m'a pas attaquée, mais j'ai dû faire un détour. C'est à ce moment-là que je suis tombée dans un bois piquant. Ce truc est perfide, et je n'aurais jamais cru qualifier une plante de perfide.

Elle soupira et ses joues rosirent légèrement lorsqu'elle jeta un coup d'œil à Flynn.

C'était au cours de ce voyage que Flynn et Daphné étaient tombés amoureux. J'en étais profondément reconnaissant. Mon frère aîné était *nettement* moins grincheux depuis qu'elle était là. Elle avait sur lui un effet apaisant.

— Eh bien, maintenant, tu sais qu'il faut éviter le bois piquant, plaisantai-je.

Daphné leva les yeux au ciel avant de se remettre aux fourneaux. Je pris une gorgée de mon café et jetai un coup d'œil vers les fenêtres. Nous étions dans la cuisine de l'auberge de Walker Adventures. Je me souvenais de cet endroit avant que Flynn ne revienne de l'armée de l'air pour s'occuper de Nora et de Cat. Et de moi aussi, j'imagine. J'avais commencé l'université à cette époque. Enfin, j'avais surtout fait la fête, soulagé d'être loin de mon père. Ma mère m'avait manqué, mais elle n'avait pu m'offrir qu'un fragile havre de paix, loin du chaos que mon père semait en entrant et sortant de nos vies à sa guise. C'était lui et ma mère qui avaient construit cet endroit, mais nous avions fait du chemin depuis.

Mon père était pilote et avait eu l'idée de créer une entreprise de guides touristiques avec ma mère. La cuisine était encore en travaux et nous n'avions alors même pas de chambres d'hôtes. Mon père était mort, puis ma mère avait péniblement tenu le coup avant de succomber à un problème cardiaque génétique non diagnostiqué. À cette époque, Nora était encore au lycée et Cat entamait le collège.

Heureusement pour nous, Flynn avait endossé le costume de sauveur. Il était dans l'armée de l'air, mais il était revenu dès qu'il en avait eu l'occasion. J'avais aussitôt mis mes études en pause pour essayer de garder notre famille unie jusqu'à son retour.

À l'époque, le tribunal s'était inquiété de me confier la tutelle de mes sœurs, estimant que dix-neuf ans, c'était trop jeune. Je pouvais subvenir à leurs besoins les plus élémentaires, mais je n'aurais certainement pas pu faire tout ce que Flynn avait accompli. À son retour, il avait assumé le rôle de figure paternelle pour nous tous. Il n'avait pas le même père que nous, et il ne l'avait jamais connu. Il avait travaillé jour et nuit pour faire de ce projet flou un véritable centre de villégiature et une entreprise de transport aérien pour les touristes en Alaska.

Je balayai la salle du regard. La cuisine était agréable et offrait une belle vue. La longue table qui faisait face aux fenêtres servait autant aux clients qu'à nous. Au fond de la grande pièce trônait une cuisine luxueuse de style industriel, entourée d'un comptoir. Je contournai le comptoir, m'assis sur un tabouret, puis regardai Daphné à l'œuvre.

Chaque jour, elle préparait le petit-déjeuner pour le personnel et les clients. Notre équipe comptait désormais sept pilotes. Flynn, Nora, moi et les amis qu'il s'était faits dans l'armée de l'air et qu'il considérait tous comme des frères : Elias, Gabriel, Diego et Tucker. Nous recevions également un peu d'aide d'un pilote local qui prenait les vols du soir un jour par semaine et donnait un petit coup de main de temps à autre si quelqu'un était malade ou absent. Autrefois réduit à un seul étage à moitié achevé, l'auberge en comptait désormais trois, les chambres d'hôtes occupant les deux derniers niveaux. Il y avait aussi la maison du personnel, qui n'était occupée que par Cat, Harley et moi ces jours-ci. Harley était la sœur cadette de Diego. Tous les autres avaient progressivement quitté la maison du personnel, un par un, au fur et à mesure qu'ils étaient tombés amoureux.

Les événements de la veille au soir me revinrent en mémoire. J'étais de toute façon un lève-tôt, mais cette fois, mon épaule douloureuse m'avait tiré du sommeil encore plus tôt. Raide et endolori, j'avais avalé de l'ibuprofène et pris une douche rapide avant de sortir. J'avais encore rêvé de Harley cette nuit-là, alors que j'avais pourtant pris soin de me soulager rapidement sous la douche. Putain de merde.

Nous ne nous étions jamais touchés avant la veille au soir, lorsqu'elle avait nettoyé mon épaule. Je secouai la tête et je reportai mon attention sur Daphné.

— Qu'est-ce qu'on mange ce matin ?

— Des œufs cocotte au jambon et au fromage. Ça va être délicieux. Ils sont déjà au four. Je prépare aussi des gaufres pour ceux qui en veulent.

Elle réduisit le feu avant de remuer quelque chose sur la cuisinière.

— Qu'est-ce que c'est ?

— Du sirop maison.

— Heureusement que tu es là, déclarai-je avec un sourire.

Ses yeux noisette scintillèrent tandis qu'elle me souriait.

— Ah oui ?

— Carrément. On mange comme des rois grâce à toi.

Daphné était un véritable cordon-bleu. En venant ici, elle n'avait signé que pour un CDD d'un mois. Elle était originaire d'Atlanta et était venue en Alaska après une tragédie personnelle, lorsque son jeune fils était mort d'une sorte de cancer du cerveau. Elle était restée parce que notre cuisinier de l'époque avait rendu son tablier. Flynn n'était pas le meilleur patron, mais ce n'était pas une grosse perte.

Comme Daphné était déjà sur place, elle lui avait proposé son aide, puis elle était restée. À ce moment-là, Flynn et elle étaient déjà à moitié amoureux, voire complètement.

— En plus des bons petits plats, tu rends la vie meilleure pour Flynn et pour nous tous, insistai-je.

Flynn me sourit et me fit un clin d'œil.

— Ça, c'est bien vrai.

Il leva une main, la posa sur l'épaule de Daphné et se pencha pour l'embrasser rapidement sur la joue. Il savait qu'il ne fallait pas trop l'interrompre quand elle cuisinait. Elle lui sourit. La lumière du soleil qui traversait les fenêtres para d'or ses cheveux auburn, coiffés en une tresse et attachés sur le dessus de sa tête.

— J'adore cet endroit, dit-elle simplement. Au fait, tu veux des gaufres en plus des œufs cocotte ?

— Carrément, répondit Flynn.

— Quel genre de sirop tu fais ? demandai-je.

— Du sirop de myrtille. Ce sont des myrtilles sauvages qui poussent autour de la propriété.

— Sérieusement ?

Daphné sourit.

— Cat et moi avons pris l'habitude d'emporter un bocal chaque fois qu'on sort. Il y a aussi des tonnes de framboises sauvages, alors je vais faire du vinaigre de framboise.

— Qu'est-ce que tu vas faire avec ça ? demanda Flynn.

— Oh, c'est délicieux sur des pancakes.

— Vraiment ?

— Ouaip, confirma Daphné en hochant la tête.

— Je veux bien goûter, dis-je.

— Combien de gaufres vous voulez ? demanda-t-elle avant de mettre le gaufrier en marche.

Quelques minutes plus tard, Flynn et moi étions en train de manger au comptoir quand la porte arrière de la cuisine s'ouvrit. Elle donnait sur le couloir du fond, et c'était par là que la plupart des employés entraient. Harley entra avec son frère Diego sur ses talons.

— Salut, mec, qu'est-ce que tu fais là ? lançai-je.

— Je suis venu prendre le petit-déjeuner. Gemma donne des cours de yoga tôt le matin maintenant, alors je me lève plus tôt.

— Avoue que tu veux juste manger ce que Daphné prépare, plaisanta Harley en lui souriant.

Diego haussa les épaules.

— Ça fait toujours plaisir de te voir, frangine.

Mon corps se tendit lorsqu'elle s'arrêta au coin du comptoir. Diego me jeta un coup d'œil.

— Qu'est-ce qui est arrivé à ton visage ? C'est toi qui l'as frappé ? demanda-t-il en regardant Harley.

— Non, je n'oserais jamais. Il est tombé sur un orignal, répondit-elle en souriant.

— Ah. Ça fera une bonne histoire à raconter aux clients, dit Diego en hochant la tête.

Daphné posa une main sur sa hanche en pointant sa spatule vers Diego.

— Sérieusement ? Vous vous servez tous de ses blessures pour frimer auprès des clients.

Diego haussa les épaules.

— Si tu le dis. Les gens adorent la faune de l'Alaska : les orignaux, les ours, les lions de mer... ça fait toujours de bonnes histoires à raconter.

— Je préfère tomber sur un orignal que sur un ours, dit Gabriel en entrant dans la cuisine et en s'incrustant dans la conversation. Ooh, toi, t'as fait ami-ami avec un orignal, ajouta-t-il dès que ses yeux se posèrent sur mon visage.

— Oui. Il m'a pris par surprise hier soir. Je crois que mon visage a heurté un rocher, mais mon épaule a encore plus morflé.

— Son épaule fait peine à voir, ajouta Harley en s'installant sur un tabouret à l'extrémité du comptoir, tout en sirotant son café. J'ai dû poser des bandages, des sutures adhésives et tout le reste. D'ailleurs, je pense toujours que tu as besoin de points de suture.

Je secouai la tête et Daphné laissa échapper un soupir.

— Tu veux que je t'emmène chez le médecin ?

— Non, je vais bien. Promis juré, j'ai vérifié ce matin.

Gabriel sirota le café qu'il venait de se servir et me regarda.

— Tu vas avoir mal pendant un moment. T'as des vols de prévus aujourd'hui ?

— Bien sûr. On est samedi, tous nos créneaux sont réservés, fis-je remarquer.

— On affiche complet tous les jours. On est en été, rétorqua Diego.

— Qu'est-ce qu'on mange ce matin ? demanda Gabriel.

— Des œufs cocotte et des gaufres, répondit Daphné.

La conversation prit une tournure plus légère à propos de la vie et du travail ici. J'adorais mon travail. J'adorais que Flynn se soit démené pour finir de construire cette auberge et qu'il nous en ait tous fait profiter. J'adorais piloter des avions, tout comme j'adorais ma famille et mes amis. Je n'aurais pas pu rêver mieux. La seule chose qui me taraudait, c'était de réaliser que tout le monde était déjà en couple, sauf Harley, ma petite sœur Cat et moi-même.

Je n'arrivais même plus à me distraire. Je refusais de l'admettre à quiconque, mais j'étais complètement accro à Harley, et je n'y pouvais rien.

Justement, son grand frère Diego prit place sur le tabouret à côté de moi. Il avala une longue gorgée de son café avant de me jeter un coup d'œil.

— Comment tu vas ? Je ne t'ai pas vu depuis une semaine ou deux.

— C'est vrai, nos emplois du temps n'étaient pas synchronisés, et tu n'es pas venu au cours de yoga la semaine dernière, fis-je remarquer.

Diego gloussa.

— Je sais. Gemma m'a passé un savon à cause de ça. J'avais

atterri en retard de mon dernier vol parce qu'un passager était sorti tard de son rendez-vous chez le médecin. Je n'allais quand même pas partir sans lui.

— J'aurais fait la même chose, le rassurai-je en haussant les épaules.

En plus des touristes, nous transportions les habitants des villages voisins vers et depuis Diamond Creek, et parfois encore plus loin. De temps à autre, les conditions météorologiques pouvaient chambouler le planning.

— Vous ne devez pas manquer de place dans la maison du personnel ces jours-ci, commenta Diego en regardant Harley et moi tour à tour.

— C'est vrai qu'on n'est plus que trois à y vivre en comptant Cat, confirmai-je. Je ne sais même plus quoi faire de tout cet espace.

— Eh bien, je ne vais pas suggérer à Harley de tomber amoureuse parce que c'est ma petite sœur, alors je suppose que c'est ton tour, plaisanta-t-il.

— Je ne tomberai *jamais* amoureux, déclarai-je en levant une main.

J'éprouvais peut-être un désir certain pour Harley, mais je n'avais pas l'intention de tomber amoureux de qui que ce soit. Je ne pouvais même pas imaginer une telle chose. Mes parents avaient été un terrible exemple de ce que devrait être un couple. Mon père avait été l'équivalent humain d'une balle de ping-pong, entrant et sortant successivement de nos vies, tout en multipliant les liaisons. Il avait mené sa petite vie dans son coin et à peine contribué aux finances de la famille. Année après année, ma mère avait tant bien que mal joint les deux bouts. Nous l'adorions tous. Elle avait été solide comme un roc sur le plan émotionnel à bien des égards, mais elle avait choisi d'ignorer la façon dont notre père la traitait. Enfant, j'avais compris qu'on ne pouvait compter sur personne en matière de relations. Je m'étais résolu à mener une vie de célibataire. C'était plus simple comme ça. J'avais un bon endroit où vivre, un travail qui me passionnait, ainsi qu'une famille et des amis chers à mon cœur.

Mon attirance pour Harley allait bien finir par passer. Il le fallait. Cela faisait maintenant plus d'un an qu'elle vivait ici. Au début, je l'avais simplement trouvée mignonne. Mais depuis, la tension que je ressentais en essayant d'ignorer mon désir pour elle n'avait fait qu'augmenter. Je ne savais toujours pas ce qu'elle pensait de moi, mais je savais que fricoter ensemble était une mauvaise idée.

Diego m'aurait probablement refait le portrait s'il avait eu connaissance de mes pensées, alors mieux valait ne pas y songer.

— On devrait transformer les chambres libres en chambres d'amis, suggéra Diego.

— Non, mec. J'aime avoir un endroit où je peux me détendre, expliquai-je.

Harley secoua la tête.

— Non, on peut utiliser les chambres libres pour la famille et les amis qui veulent nous rendre visite. Et on devrait peut-être déplacer nos dîners hebdomadaires du personnel là-bas.

— Je refuse de cuisiner dans cette cuisine, lança Daphné.

— Et on ne t'y obligera jamais, répondit Flynn en gloussant.

— Qu'est-ce qu'elle a, cette cuisine ? demandai-je, sincèrement curieux.

— Rien, c'est juste que je me sens bien ici et que j'ai tout mon matériel dans cette cuisine, expliqua-t-elle.

— On a l'essentiel en ustensiles, répondis-je.

— Ça suffit à peine pour préparer des plats simples, rétorqua-t-elle.

— Hé, je sais faire plus que ça, protestai-je.

À ce moment-là, une autre voix s'éleva :

— Non, c'est faux.

Je tournai la tête et vis Cat, ma plus jeune sœur, entrer dans la cuisine.

— T'as pas tort, répondis-je en souriant.

Cat avait emménagé récemment dans la maison du personnel. Heureusement, elle ne me rendait déjà plus fou. Nous nous taquinions de temps à autre, comme le font tous les frères et sœurs, mais rien de plus. Daphné avait appris à Cat à cuisiner, et maintenant, elle se débrouillait *vraiment* bien.

— En fait, c'est plutôt sympa d'avoir Cat à la maison, commentai-je en jetant un coup d'œil à Flynn.

— Ah oui ?

— Elle nous prépare des en-cas en plus.

Il sourit.

— Est-ce que tu gardes un œil sur elle ?

— Oh, arrête avec ça, maugréa Cat.

Elle plissa les yeux en regardant Flynn, s'arrêtant près de Daphné tout en nouant un tablier autour de sa taille.

— Tu fais des gaufres ? demanda-t-elle ensuite.

Daphné hocha la tête.

— Je fais épaissir le sirop.

— En attendant, je vais préparer un peu plus de pâte à gaufres, répondit Cat.

— Bon, il n'y aura pas de dîner du personnel, mais on pourrait organiser une soirée cartes à la maison du personnel, proposai-je.

Daphné leva les yeux au ciel.

— On devrait plutôt organiser ça ici. Avant, c'était un truc de mecs.

— Oui, ils ont arrêté quand j'ai emménagé, ajouta Harley. On pourrait en faire un rendez-vous hebdomadaire.

— Ça me va.

Je jetai un coup d'œil à Harley. Dès que nos yeux se croisèrent, j'eus l'impression que l'air crépitait entre nous.

Chapitre Quatre

HARLEY

— Tu veux dire comme ça ? demanda Gemma en cliquant sur un bouton de l'écran de son ordinateur.

— Oui, c'est ça, confirmai-je.

— Oh, c'est facile, en fait !

Ses yeux pétillèrent lorsqu'elle me sourit. Elle poursuivit :

— Mais t'es sûre que j'ai vraiment besoin d'un site Internet ?

— Oui. Ça te donnera plus de visibilité et tes clients pourront payer en ligne. C'est beaucoup plus facile. Promis.

— Merci de faire ça pour moi, dit-elle en repoussant ses boucles couleur miel loin de son visage.

— De rien. Tu fais partie de la famille.

Gemma me sourit avant de jeter un coup d'œil à Daphné.

— C'est la meilleure quasi-belle-sœur qu'on puisse espérer.

— Pareil, répondis-je tandis que Daphné hocha la tête avec un sourire.

Avec ses boucles et ses yeux bleus, Gemma était parfaite pour mon frère. Elle tempérait le caractère parfois imbuvable de Diego. Professeure de yoga à la personnalité douce et chaleureuse, elle contrebalançait bien son tempérament bourru mais tendre. Quand Diego aimait quelqu'un, c'était toujours à fond, et il méritait une femme comme Gemma.

Je m'adossai à ma chaise.

— Laisse-moi finir de coder ton site.

Je fis glisser l'ordinateur portable vers moi. Le site que je venais de créer était assez simple : une page de présentation épurée et un calendrier pour ses cours de yoga. Il permettait aux clients de choisir un créneau, de s'inscrire et de payer directement en ligne.

— Les clients pourront toujours payer sur place, mais comme ça, tout est organisé pour toi. Le système suit tout automatiquement et gère ta comptabilité mensuelle.

— Oh, c'est incroyable.

Elle posa une main sur sa poitrine et soupira.

— Ça va tellement me faciliter la vie, ajouta-t-elle ensuite.

— C'était l'idée, répondis-je avec un sourire.

Elle s'adossa à sa chaise en souriant.

— Heureusement que t'es là. Je ne suis pas très calée en technologie. Jamais je n'aurais réussi à créer un site toute seule.

— T'inquiète, je gère. Je vais faire en sorte que tu puisses le mettre à jour toute seule si tu veux, mais si jamais, je serai toujours là pour t'aider.

— Merci. Je ne le mettrai probablement jamais à jour, à moins que tu me dises que c'est nécessaire.

Cammi, une amie et propriétaire du Misty Mountain Café où nous étions installées, s'approcha et réagit au commentaire de Gemma :

— Elle a aussi fait mon site. Et je ne le mets jamais à jour sans son aide.

Elle s'arrêta à notre table en nous souriant.

— Alors, comment ça va, les filles ?

— Bien. Au fait, tu n'étais pas là quand on est entrées, répondit Daphné.

— J'ai dû filer à la banque, on n'avait plus de monnaie. Il faut que je reprenne l'habitude d'y passer presque tous les jours en été.

Daphné laissa échapper un soupir.

— Ça, au moins, c'est un souci que je n'ai pas.

Cammi prit une chaise vide à une table voisine et s'assit avec nous.

— Qu'est-ce que tu veux dire ?

— Je parle du fait de ne pas avoir à m'inquiéter de l'argent liquide, répondit Daphné. J'adore être cheffe de cuisine à l'auberge. Je me contente de cuisiner pour les clients et le personnel, sans avoir à gérer les factures, les pourboires, ou tout le reste.

— Ah, lança simplement Cammi avec un sourire.

Elle était propriétaire de ce café ainsi que du Red Truck Coffee. Entre ses deux commerces et la naissance récente de jumeaux, elle était très occupée, surtout en été, lorsque les touristes affluaient en Alaska.

— Ça ne me dérange pas. J'adore cette agitation, reprit-elle.

— Ça te correspond bien. Tu es comme un rayon de soleil, dit Daphné avec sérieux.

Cammi éclata de rire.

— Un rayon de soleil ?

— Absolument, lança une voix grave.

Nous nous retournâmes toutes pour voir Elias, le mari de Cammi et un autre pilote de Walker Adventures, s'approcher de notre table. Il se pencha et déposa un baiser sur la joue de Cammi. Ses joues étaient roses au moment où il se redressa.

— Le soleil est une bonne chose.

Il posa sa main à la base de son cou et la serra doucement.

— Tu n'es pas derrière le comptoir ? demanda-t-il.

— Non, je déjeune avec mes amies, dit-elle en affichant un sourire malicieux.

Il sourit.

— Bien. Je vais aller chercher mon café, alors.

— Tu vas rester ici ? demanda-t-elle en se retournant lorsqu'il commença à se détourner.

— Je n'ai pas le temps, chérie. Je viens juste prendre un café. Je dois décoller d'ici peu.

Il consulta sa montre avant d'ajouter :

— Oh, merde. Je dois me dépêcher.

— À plus ! Je passerai prendre les jumeaux tout à l'heure, en rentrant.

Elle lui envoya un baiser alors qu'il se dépêchait de se rendre au comptoir.

Lorsqu'elle se retourna, Daphné lui sourit avec bienveillance.

— Tu as fait d'Elias un homme heureux.

— Je l'aime, donc c'est réciproque, dit simplement Cammi.

— Comment vous gérez entre le boulot et les jumeaux ? demanda Daphné.

Le sourire de Cammi se fit amer.

— On fait avec. Heureusement, on peut compter sur nos amis pour garder les jumeaux en journée. Aujourd'hui, ils sont avec la mère de Susie. Tout le monde me dit que la vie est toujours mouvementée quand on a des bébés, et c'est vrai. Mais ça ne me dérange pas et Elias m'aide beaucoup.

— Tu sais, j'ai récupéré son ancienne chambre à la maison du personnel. Je ne le connaissais pas vraiment avant que vous ne vous mettiez ensemble. La rumeur dit qu'il était souvent grincheux, commentai-je.

— Il était très mystérieux, dit Cammi en baissant la voix, ses yeux pétillant de malice.

Daphné gloussa.

— Il n'était pas du tout mystérieux. Il a toujours eu un faible pour Cammi.

— Il n'était là que depuis quatre ans, protesta Cammi.

— D'accord, depuis le jour où il est arrivé ici, corrigea Daphné.

Cammi rit avant de pousser un léger soupir. Elle tourna son regard vers moi.

— Je crois que c'est ton tour.

— Pardon ?

— Ton tour de tomber amoureuse, dit Daphné avec un sourire.

Je levai la main tout en secouant vivement la tête.

— Oh, non, non. Pas question.

— J'avais dit pareil que toi au sujet de l'amour, rétorqua Daphné. J'étais venue en Alaska en me jurant de ne plus jamais me mettre en couple.

Elle leva les mains avant de les laisser tomber. Je poussai un soupir.

— Tu sais, ce serait plus convaincant si j'avais connu l'une ou l'autre d'entre vous avant que vous ne soyez folles amoureuses. Flynn te mange littéralement dans la main, dis-je en faisant un geste vers Daphné. Et Elias vénère le sol sur lequel tu marches, ajoutai-je en faisant de même pour Cammi. Je ne suis pas comme vous deux, conclus-je.

— Qu'est-ce que tu veux dire ? répliqua Daphné, les yeux plissés.

— Je ne sais pas comment l'expliquer, mais je ne suis pas le genre de femme dont les hommes tombent facilement amoureux.

— Tu n'es sortie avec personne depuis ton arrivée il y a plus d'un an, dit Gemma.

— Oui, je ne veux sortir avec personne. La vie de célibataire me convient très bien, répondis-je fermement. Joe, mon dernier petit ami en date, se tapait ma coloc. Je les ai surpris ensemble.

— Tu l'as déjà mentionné, mais honnêtement, ça n'a pas l'air de te contrarier tant que ça, fit remarquer Gemma.

Je ris un peu.

— Non, pas vraiment. J'avais l'intention de rompre avec lui de toute façon. J'ai appris deux choses : c'était une colocataire épouvantable, et j'avais une bonne raison de rompre avec lui. Il l'a déjà trompée depuis.

— On récolte ce qu'on sème, dit Gemma en hochant la tête d'un air entendu.

— Tu t'es vraiment juré de ne plus jamais avoir de relations de ta vie ? insista Cammi.

Je haussai les épaules.

— Je suis plutôt têtue, et il est possible que les gens aient parfois du mal à me supporter.

— Comment ça ? demanda Cammi, l'air perplexe.

— Je suis franche, directe, sans détour. Je ne suis pas douée pour faire de la lèche aux mecs, expliquai-je.

— Nous non plus, répondit Daphné.

— Oui, mais vous êtes plus diplomates que moi. J'ai l'impression d'être vraiment cassante.

— Je pense que tu essaies juste de te trouver des excuses, commenta Gemma.

C'était vrai, mais je ne comptais pas l'avouer.

— Peut-être que tu ne veux pas être en couple, mais faire une croix sur les relations sans raison valable est un peu idiot, commenta Daphné.

Je retins un soupir et mon cœur se serra brusquement. Je savais qu'elle n'avait pas tort, et le fait de penser à ma résignation émotionnelle en matière de relations avait tendance à me rappeler à quel point je voulais fonder une famille. J'adorais vraiment les enfants. Particulièrement les bébés, qui étaient tellement mignons. Ils sentaient bon. Ils étaient potelés. Leur peau était douce et ils étaient magiques.

C'était juste que je n'avais jamais eu beaucoup de chance avec les relations amoureuses. J'approchais de la trentaine et mon horloge biologique semblait s'emballer. Même si mon cerveau me soufflait qu'il ne fallait pas y prêter attention, c'était ce que je ressentais.

— Peut-être un jour, répondis-je avec nonchalance.

Juste à ce moment-là, mon cœur palpita bizarrement et je sentis mon pouls s'accélérer. Je l'ignorai.

Daphné me regarda sans mot dire. Je l'adorais. Je ne la connaissais pas depuis longtemps, mais elle était une sorte de mère poule, qui s'occupait toujours de tout le monde. Elle voulait que tous ceux qu'elle aimait soient heureux. Elle semblait avoir décidé que cela signifiait qu'ils devaient trouver leur âme sœur.

— Peut-être que je ne veux pas trouver mon âme sœur, dis-je en levant un peu le menton. Peut-être que je resterai l'éternelle célibataire menant une vie trépidante.

Cammi m'adressa l'un de ses sourires ensoleillés et me serra dans ses bras.

— Je n'en doute pas.

Chapitre Cinq

HARLEY

Ce soir-là, je jetai un coup d'œil à Cat et Grant, assis de part et d'autre du canapé d'angle, qui se chamaillaient pour savoir ce qu'ils allaient regarder. J'étais assise à une petite table où je travaillais souvent sur mon ordinateur portable le soir.

— Choisissez vite, sinon c'est moi qui départage, lançai-je.

Cat me jeta un coup d'œil.

— Qu'est-ce que tu veux regarder ? On n'a qu'à voter.

Je secouai vivement la tête.

— Vous devriez être capables de résoudre ça comme des adultes. Mais dès qu'il est question de télé, vous redevenez des gamins de dix ans.

Grant plissa les yeux avant d'éclater de rire. C'était le problème avec lui. Il était plutôt facile à vivre, ce qui le rendait d'autant plus attirant. Je n'avais toujours pas réussi à chasser de mon esprit la vue de son torse nu.

— Tu veux jouer aux cartes ? demanda Cat.

— Pourquoi on n'organise plus de soirées cartes ici ? demandai-je.

— Parce qu'il n'y a plus que nous ici, répondit sèchement Grant.

— Et alors, on n'est pas dignes de participer aux soirées cartes ? répliqua Cat.

— Si, mais on doit inviter tout le monde, fit remarquer Grant. Vous devriez organiser des soirées cartes entre filles, ajouta-t-il en s'adossant aux coussins du canapé.

— Avant, c'étaient surtout les mecs qui y participaient, non ? demandai-je.

— Eh bien, oui. Jusqu'à ton arrivée, il n'y avait que des mecs. Nora est restée un moment, mais ensuite, elle s'est fait construire une baraque et a déménagé parce qu'elle en avait marre de nous.

— Vous étiez combien en tout ?

Grant leva une main et compta sur ses doigts.

— Eh bien, il y avait Gabriel, Elias, Tucker, Diego et moi, donc on était cinq.

— Mais il n'y a que quatre chambres ici, fis-je remarquer.

— Oui. Tucker et Diego ont partagé la plus grande chambre pendant un certain temps.

— Vraiment ? demanda Cat.

— Oui, tu n'as pas remarqué qu'il y avait deux lits doubles ? On l'a transformée en salle de billard quand on n'était plus que trois, expliqua-t-il.

Cat ricana.

— C'était vraiment une garçonnière. Pas étonnant que Nora ait voulu déménager.

— C'était carrément une garçonnière, répondit Grant en haussant les épaules.

— On devrait inviter toutes les filles ici un de ces quatre, suggérai-je.

— Je suis partante ! Je m'occuperai des amuse-gueules, proposa-t-elle.

— Parfait, répondis-je.

Grant nous regarda l'une après l'autre avec un sourire.

— Je suppose que j'en profiterai pour sortir, alors.

— Comme si tu ne sortais pas déjà tous les soirs, dit Cat d'un ton sec.

— Qu'est-ce que ça peut te faire ? rétorqua-t-il.

— Rien, je m'en fiche, répliqua Cat avant de lancer un oreiller dans sa direction.

Ils se calmèrent et se mirent d'accord sur une émission humoristique, tandis que je continuais à tapoter sur mon ordinateur portable, ajustant quelques détails sur le site Web que je créais pour une autre entreprise du centre-ville de Diamond Creek. Lorsque j'avais décidé de venir ici sur un coup de tête, je pensais honnêtement que la majorité de mon activité proviendrait de clients en ligne. Bien que ce type de clients constituât une part importante, j'avais aussi beaucoup de clients locaux. Les gens du coin tenaient sincèrement à soutenir les entreprises locales, ce dont j'avais bénéficié.

Quelques heures plus tard, je me retrouvai seule dans le salon. Grant et Cat étaient allés se coucher. J'avais tendance à me coucher tard, mais aussi à me lever tôt : bref, je dormais souvent mal. J'avais lutté contre un sentiment d'agitation toute la journée. La conversation avait été assez innocente, mais Daphné et Cammi m'avaient un peu énervée avec leurs taquineries réconfortantes sur le fait de tomber amoureuse. Je ne voulais pas me soucier de cela. Je ne voulais pas non plus m'autoriser à craquer pour Grant, parce que cette idée avait le don de m'agacer. Avec un soupir, je sauvegardai mon travail et éteignis mon ordinateur avant de le fermer.

Ensuite, je me levai pour aller chercher quelque chose dans la cuisine. Soudain, mon souffle devint court et mon cœur se mit à battre irrégulièrement, tantôt trop vite, tantôt trop lentement. Quelques instants plus tard, j'étais à bout de souffle et je me retrouvai par terre, à côté du canapé. Je n'avais aucune idée de comment j'avais atterri là.

— Harley ? lança la voix de Grant depuis la base de l'escalier.

Je tournai la tête dans sa direction, mais mes pensées étaient embrouillées et floues.

— Oui ?

Il traversa la pièce à grandes enjambées et s'agenouilla à côté de moi.

— Qu'est-ce qui t'est arrivé, bon sang ? Tu es tombée.

Ce n'était clairement pas dans mes habitudes de m'asseoir par terre comme ça, mais je tenais à le contredire. Il prit aussitôt mon pouls tandis que j'essayais de rester calme.

— Je me sens bien, insistai-je.

— Tu t'es évanouie ? T'as mangé aujourd'hui ? En tout cas, ton pouls a l'air stable.

— Ça va aller. Je vais bien.

C'était plus ou moins un mensonge, car j'étais intérieurement en panique.

— Je pense que je devrais t'allonger sur le canapé pendant quelques minutes.

— Pfff, t'abuses. Pas besoin de me surveiller, répondis-je.

Grant semblait se moquer éperdument de mon avis.

— Tu vas t'allonger et puis c'est tout.

Quelques minutes plus tard, nous étions tous les deux assis sur le canapé. Il m'apporta un verre d'eau. Je le remerciai sincère-ment, car j'avais *vraiment* besoin de m'hydrater. Mon cerveau s'activa pour inventer un mensonge afin de me sortir de ce guêpier.

— Je pense que t'as raison. J'étais peut-être en hypoglycémie, finis-je par répondre à ce qu'il avait dit quelques instants plus tôt.

Il était assis un peu trop près pour que je sois à l'aise. Entre la prise de ma température et ses questions sur une possible commotion cérébrale, j'avais perdu tout confort.

— Purée, t'es vraiment chiant, lâchai-je quand il tendit la main vers mon poignet pour reprendre mon pouls.

— On est tous formés aux premiers secours parce qu'on passe la moitié du temps à voler au milieu de nulle part. En cas de problème, on doit pouvoir gérer l'essentiel.

— Je sais, dis-je finalement. Mais je vais bien. Je suis là, pas au milieu de nulle part.

Grant haussa un sourcil et je levai les yeux au ciel en réponse.

— D'accord, on est un peu perdus au milieu de nulle part, mais t'es là. On est dans une maison.

— Il y a un médecin ici ?

— Non, admis-je en soupirant.

C'était un autre petit problème. J'avais *besoin* de voir un médecin, mais je n'avais aucune envie d'en parler. Pas avec Grant. Pour la première fois, je me laissai distraire en observant de près les lignes ciselées de son visage, sa barbe de trois jours et ses yeux captivants.

Il plissa les yeux.

— Tu devrais te trouver un médecin traitant. Attends une minute.

Il saisit son portable posé sur la table basse.

— C'est pour ça que j'étais descendu. J'avais oublié mon portable.

— T'as besoin de ton portable quand tu dors ?

Il haussa les épaules.

— Quand je n'arrive pas à dormir, je joue à des jeux de lettres. Ça m'endort très vite.

Je ne pus m'empêcher de rire. Un peu plus tard, mon propre portable vibra sur la table basse.

— Qu'est-ce que tu m'as envoyé ?

— Le numéro du Dr Quinn Haynes. Un super médecin. Il dirige le cabinet familial de Diamond Creek. On va tous chez lui.

— Mmm. Au fait, comment va ton épaule ? demandai-je en le voyant se retourner avec une légère grimace.

— Beaucoup mieux. Elle me fait encore mal, mais beaucoup moins qu'avant.

— Je suis contente que tu ailles bien.

— Oui, moi aussi. Merci encore.

— Pour quoi ? Pour avoir chassé l'orignal avec une pelle et une pierre ?

— Oui, dit-il en affichant un rapide sourire.

L'air sembla se charger autour de nous. Comme je l'avais dit, il était *juste* à côté de moi. Je ne savais pas si c'était juste moi ou s'il m'évitait aussi, mais je faisais généralement attention à ne pas m'approcher trop près de Grant.

À cet instant, mon estomac se noua et des picotements se propagèrent dans tout mon corps. Mon cœur s'emballa, même si c'était pour de mauvaises raisons cette fois-ci. Alors qu'il me regardait, je pris une décision stupide mais cruciale.

Je tendis la main et laissai glisser le bout de mon doigt le long de sa mâchoire.

— Juste pour info, Grant, t'es plutôt sexy.

— Pardon ?

Sa voix se fit rauque et une nuée de papillons envahit mon ventre. Si j'avais été debout, mes genoux auraient flanché. J'avais l'impression de m'être liquéfiée. Je pouvais être audacieuse quand je le voulais, alors je me penchai et déposai un baiser à l'endroit même où se trouvait le bout de mes doigts juste avant.

Je me retirai et le fixai, nous mettant tous les deux au défi d'aller plus loin. En une seconde, il baissa la tête alors que j'effectuais le mouvement inverse. À la seconde où nos lèvres se rencontrèrent, j'eus l'impression que des flammes jaillissaient entre nous.

Grant marmonna un mot indistinct avant d'incliner la tête et d'écraser ses lèvres contre les miennes. Bon sang, fallait-il vraiment que Grant soit un pro en matière de baisers ? Sa langue s'aventura résolument dans ma bouche et je haletai. Sa main se glissa dans mes cheveux, inclinant ma tête sur le côté.

Avec une autorité naturelle, il prit les rênes. Je n'avais aucune idée de la durée de notre baiser, mais un son me fit reprendre mes esprits et nous nous séparâmes. Je jetai un coup d'œil et compris que Cat venait de sortir de sa chambre pour se rendre dans la salle de bain. Nous étions tous les deux à bout de souffle et nous nous regardions fixement.

— C'est quoi ce bordel, Harley ? lâcha-t-il d'une voix rauque.

— Quoi ? répondis-je en me redressant. Je voulais t'embrasser. Et tu voulais m'embrasser aussi. Ne me mens pas.

Grant cligna des yeux, passa une main dans ses cheveux en désordre et lâcha un soupir rauque ainsi que ce simple mot :

— Merde.

Il se leva pour monter à l'étage, puis il se retourna pour dire :

— Appelle le médecin.

Chapitre Six

GRANT

Je fixais le plafond, mais il n'y avait pas grand-chose à voir. La surface était d'un blanc uni où seules quelques ombres étaient projetées par la lumière de la lune qui traversait les fenêtres. Sa capacité à me distraire était quasi nulle.

Mon esprit rejouait en boucle le souvenir brûlant du baiser avec Harley, chaque répétition envoyant une vague de chaleur dans tout mon corps. J'avais fait la chose la plus stupide qui soit en embrassant Harley.

— C'est elle qui m'a embrassé en premier, murmurai-je à voix haute dans ma chambre. C'est pas ma faute.

Tu essaies juste de trouver des excuses.

C'était réciproque.

Enfin, ça n'a pas vraiment d'importance.

Qui a fait le premier pas ?

Ça s'est fait progressivement.

Tu l'as rencontrée à mi-chemin.

Mon esprit critique me raillait. Et merde. Je serrai les draps dans mon poing, comme si je pouvais éliminer l'énergie qui circulait dans mon système. Je refusais obstinément de céder et de chercher un quelconque soulagement dans le souvenir encore frais de ses lèvres contre les miennes.

Résultat, en me réveillant le lendemain matin, j'étais d'une humeur massacrante. J'avais très mal dormi. Et je ne pouvais *toujours pas* arrêter de penser à Harley.

Résigné, je décidai de me soulager sous la douche, par pur désespoir. Même si l'on pouvait dire que je ne priais pas souvent, j'adressai une petite prière à l'univers, espérant que Harley soit déjà sortie. Je n'aimais pas me considérer comme un lâche, mais je n'étais pas vraiment prêt à interagir avec elle si tôt.

Après ma douche, je me penchai en avant pour inspecter mon épaule blessée dans le miroir. Elle semblait bien cicatriser. Malgré ses protestations, Harley avait fait du bon travail avec les sutures adhésives. La plaie s'était refermée, et seule une douleur sourde me rappelait son existence passée. La peau autour de la coupure était entièrement meurtrie. Je fis rouler mon épaule pour tester la douleur. Je me brossai rapidement les dents, puis j'envisageai de me raser après avoir passé mes doigts le long de la barbe sur le côté de ma mâchoire. Après un coup d'œil à ma montre, je décidai de repousser le rasage : j'avais juste le temps de filer à l'auberge pour un petit-déjeuner rapide. Cela me permettrait d'arriver à l'aéroport à temps pour mon premier vol de la journée.

Je m'habillai rapidement et laissai échapper un petit soupir en voyant la porte de la chambre de Harley ouverte et la pièce vide. Elle faisait toujours son lit. Je descendis rapidement les escaliers : la maison était silencieuse. Cat était également partie.

L'air frais m'accueillit alors que je trottinais vers le pavillon principal. Le soleil s'élevait rapidement dans le ciel, bien qu'il ne soit pas encore sept heures.

Quelques minutes plus tard, je passai la porte arrière de la cuisine et je fus assailli par l'arôme des roulés à la cannelle tout frais. Cat venait de les sortir du four et elle me sourit.

— Ton petit déj préféré ! lança-t-elle joyeusement.

— Tu me connais bien, répondis-je.

Je me retournai pour prendre une tasse dans le placard voisin et me servir du café. Je sentis les poils se dresser sur ma nuque lorsque je reposai la cafetière et que je sus que Harley était entrée. Je pris mon courage à deux mains et jetai un coup d'œil par-dessus mon épaule. Elle avait utilisé l'entrée principale et traversait la voûte. Elle s'arrêta pour dire quelque chose à son frère Diego, me rappelant cruellement pourquoi je n'aurais jamais, *jamais*, jamais dû l'embrasser la veille.

Daphné s'approcha de moi avec un roulé à la cannelle tout chaud dans une petite assiette.

— Celui-là, il est rien que pour toi, dit-elle, les yeux pétillants.

— Ah, tu me l'apportes même en personne. Merci.

— Eh bien, dès que je les mettrai sur la table principale, ils disparaîtront en un clin d'œil, dit-elle en inclinant la tête en direction de la table devant les fenêtres, où les clients mangeaient.

Elle me tendit l'assiette, puis disparut dans la cuisine, affairée comme une abeille. Je m'assis au comptoir et dévorai rapidement le roulé à la cannelle. Harley passa devant moi, nos regards se croisèrent, et je me contentai de hocher la tête en guise de salut. Rien de plus.

Diego s'assit à côté de moi et me lança un sourire détendu.

— Salut. T'as l'air d'être pressé.

Après avoir avalé la dernière bouchée de mon roulé et une gorgée de café, je répondis :

— Ouais. J'ai juste eu le temps de passer ici avant de filer à l'aéroport.

— Oh, c'est vrai. T'as des vols très tôt ce matin. Je suis sûr que je te verrai là-bas. Bon vol, dit-il alors que je me levais.

— Toi aussi.

Je bus la dernière gorgée de café, pris congé de tout le monde et remerciai Daphné et Cat pour le petit-déjeuner au passage.

J'étais tellement occupé à essayer de ne pas regarder autour de moi pour ne pas croiser à nouveau le regard de Harley que je n'avais pas réalisé qu'elle était allée dans le couloir du fond pour se rendre aux toilettes. Ma main était sur la poignée des toilettes au moment où elle tourna. Je fis un bond en arrière comme si j'avais été frappé par la foudre.

— Euh, salut, dis-je rapidement.

Elle me regarda dans les yeux. Je crus apercevoir un soupçon d'incertitude dans les siens.

— Salut, répondit-elle d'un ton exagérément poli.

Je bafouillai une banalité avant de me précipiter dans les toilettes. J'avais l'impression que mon coude était en feu à l'endroit où il avait frôlé son bras. Je refermai la porte d'un coup sec, pris une grande inspiration, puis la verrouillai. Et merde.

Chapitre Sept

GRANT

— Salut, Grant, lança Layla d'une voix chantante.

Layla avait de longs cheveux bruns brillants et de grands yeux bleus. Layla, une femme avec qui j'avais passé plus d'une nuit. Layla, qui n'avait aucun problème avec les relations amis/amants. Sans doute parce que notre amitié était entièrement superficielle.

— Salut, répondis-je en me retournant, espérant secrètement ressentir un petit frisson d'excitation en la voyant.

Mais rien ne vint. Pas la moindre réaction. Nada.

Quand je réalisai qu'elle semblait attendre quelque chose de ma part, j'ajoutai :

—Je n'ai pas l'habitude de te voir par ici.

Ce qui était tout à fait vrai. Notre amitié se résumait à des rencontres dans les bars locaux et, de temps en temps, à passer la nuit ensemble. Elle était sympa, facile à vivre et n'avait pas d'attentes. Il n'y avait qu'un seul problème maintenant : cette même chose que je recherchais en la fréquentant était quelque chose que je ne voulais plus.

Harley avait déjà pris trop de place dans mes pensées, bien avant ce fichu baiser de la veille.

— Je viens rarement ici, mais j'ai des amies en visite, dit

Layla. Je leur ai dit qu'elles devaient absolument faire l'une de ces excursions en avion. Je ne ferais appel qu'à Walker Adventures pour ce genre d'excursions. Heureusement pour nous, t'es notre pilote aujourd'hui.

Son ton était léger et charmeur. J'affichai un sourire forcé.

— Ah, c'est super.

Je jetai un coup d'œil à ses amies. Elles étaient de la même trempe que Layla : mignonnes, amicales et légèrement charmeuses. Je devinai que Layla avait laissé entendre que nous étions plus proches que nous ne l'étions réellement. Elle passa son bras autour du mien, colla sa hanche contre la mienne, et se pencha même pour m'embrasser sur la joue.

Tout cela aurait pu passer, sauf que c'était franchement embarrassant. Il y avait ça et le fait que je ne voulais plus de la relation qu'elle m'offrait. Et merde.

Et voilà que j'étais coincé avec elles pour une excursion de trois heures en avion. À la fin, j'avais les nerfs à fleur de peau, passablement irrité par les tentatives de flirt de Layla. Je ressentis un immense soulagement en atterrissant à nouveau au petit aéroport de Diamond Creek, où des habitants attendaient déjà pour mon prochain vol avec des boîtes de courrier et des provisions.

La voix de Skylar résonna dans mon casque quelques instants après mon atterrissage.

— Salut, Grant. On a des provisions en plus. Tu crois que t'as de la place ?

— Bien sûr, répondis-je après avoir jeté un coup d'œil à la liste des passagers.

— Super. Je vais demander à Dan de te rejoindre là-bas.

— Parfait.

Layla me lança un sourire enjôleur. Elle semblait particulièrement insistante ce jour-là.

— T'as quelque chose de prévu ce soir ? demanda-t-elle.

— C'est la soirée du personnel à l'auberge, répondis-je.

— Oh, qu'est-ce que c'est ?

— Une réunion de travail.

Ce n'était pas un mensonge à proprement parler, mais c'était tout de même fallacieux. Certes, toutes les personnes avec lesquelles je travaillais se retrouvaient physiquement au même endroit, mais ce n'était pas obligatoire, loin de là.

— D'accord. Amuse-toi bien, dit-elle d'un ton chantant qui, à ce stade, me fit l'effet d'un crissement d'ongles sur un tableau noir. Tu sais où me trouver. J'espère qu'on pourra se voir dans la semaine.

— Bien sûr. Prends soin de toi, dis-je en lui faisant un signe de la main tandis qu'elle tournait enfin les talons.

Chapitre Huit

HARLEY

— Harley ? appela une voix de femme.

Je me levai de la chaise située dans la salle d'attente du cabinet médical.

— Je suis là, lançai-je en me précipitant vers la réception où elle m'attendait.

Elle me sourit.

— Bonjour, je suis Carla, l'assistante médicale du Dr Quinn.

— Bonjour, je suis Harley.

Elle fit un geste vers une porte à côté du bureau.

— Suis-moi, dit-elle en la tenant ouverte.

Je la suivis dans un petit couloir jusqu'à une salle d'examen. Carla me plut instantanément. Elle était facile à vivre et à l'aise. Quelques minutes plus tard, elle avait déjà procédé à un examen basique. Je lui avais expliqué que j'étais déjà au courant de ma maladie cardiaque.

— Du coup, ton précédent médecin ne t'a pas prescrit de médicaments ?

Elle pencha la tête sur le côté, l'air curieuse.

— Je voulais essayer de gérer ça sans médicaments, avouai-je avant de m'arrêter brusquement.

Elle hocha la tête.

— Eh bien, je suppose que c'est compréhensible. À quelle fréquence est-ce que tu as ces crises ?

Je voulais mentir. Je le voulais vraiment.

— Une fois par semaine environ, finis-je par lâcher, me forçant à être sincère.

Elle hocha simplement la tête et tapa quelque chose sur son clavier d'ordinateur.

— Le Dr Quinn devrait être avec toi dans quelques minutes, dit-elle avant de partir.

J'attendis seule dans la salle, l'angoisse me tenaillant la poitrine. Aucun de mes proches ne savait qu'on m'avait diagnostiqué un trouble cardiaque, la tachycardie supraventriculaire ou TSV. C'était une façon compliquée de dire que j'avais un rythme cardiaque irrégulier, typiquement une accélération de la fréquence cardiaque.

Depuis toute petite, j'avais des moments où j'avais l'impression que mon cœur battait beaucoup trop vite. Environ deux ans auparavant, je m'étais évanouie au travail. Heureusement, j'étais seule à mon bureau, où je mettais au point des graphiques pour une entreprise de technologie.

Après le troisième épisode de ce genre, je m'étais résolue à aller voir un médecin. Il m'avait fait porter un moniteur cardiaque pendant deux semaines et m'avait gentiment recommandé d'envisager la prise de médicaments. Mes proches paniqueraient et s'inquiéteraient comme des fous s'ils savaient quoi que ce soit à ce sujet. Je ne voulais pas que quiconque le sache. Je détestais tout signe de faiblesse. C'était donc plus que frustrant que Grant m'ait vue m'évanouir l'autre soir.

Je pensais encore pouvoir tout nier de manière plausible s'il en parlait à Diego. Je pouvais simplement prétexter une hypoglycémie. Je trouvais que c'était un mensonge convaincant. Quelques minutes plus tard, on frappa légèrement à la porte.

— Entrez, lançai-je.

Le médecin qui entra dans la pièce était étonnamment séduisant, avec des cheveux ambrés, des yeux assortis et une carrure de sportif. Il me sourit.

— Bonjour, Harley. Je suis le Dr Haynes. Tu peux aussi m'appeler Quinn.

Il tapota du bout des doigts son badge, sur lequel on pouvait lire « Quinn. »

— Dr Quinn, l'homme-médecin, plaisantai-je.

Il s'esclaffa en entendant cela.

— Tu me verras souvent à l'épicerie, alors autant se tutoyer. On dirait que tu travailles à Walker Adventures.

J'acquiesçai d'un signe de tête.

— Oui. Mon frère est l'un des pilotes là-bas, il s'appelle Diego Jackson.

— Ah, je connais Diego. Le monde est petit. Je vais aussi aux cours de yoga de Gemma.

— J'adore ses cours, dis-je avec un sourire.

Il prit place sur une chaise à roulettes derrière un bureau incurvé sur lequel était monté un écran d'ordinateur. Il pianota brièvement sur son clavier.

— Bon, d'après ce que j'ai lu, ton ancien médecin traitant t'a diagnostiqué une tachycardie ventriculaire ?

J'acquiesçai d'un signe de tête.

— Je vais t'examiner rapidement, ajouta-t-il.

Il vérifia mon rythme cardiaque, mes poumons, et ainsi de suite avant de retourner sur sa chaise.

— Merci d'avoir veillé à ce que ces dossiers me soient envoyés à l'avance.

— De rien.

— Qu'est-ce qui t'a poussée à venir ici ?

— Euh, j'ai fait une autre crise.

— Tu en as environ une fois par semaine ? demanda-t-il.

— Oui.

Ses yeux étaient rivés sur l'écran de l'ordinateur.

— Je lis ici que tu voulais voir si tu pouvais gérer ça sans médicaments.

Son attention se porta sur moi. J'inspirai un grand coup.

— Oui. Je préférerais.

Il hocha la tête avant de regarder à nouveau l'écran de l'ordinateur, puis moi.

— Si j'en crois le rapport de mon confrère...

Il leva une main et l'agita d'avant en arrière avant de poursuivre :

— ... Tu es à la limite.

— Quelle limite ?

— La limite où je recommanderais de prendre des médicaments. Je m'inquiète du fait que ces épisodes se produisent chaque semaine. Tu es jeune, et je veux que tu sois à l'aise avec l'idée de prendre des médicaments avant que je ne t'en prescrive. Il semble que cette dernière série de contrôles date d'il y a deux ans, lorsque tu as été diagnostiquée.

Je me préparai mentalement à un sermon. Comme il ne vint pas, je poussai un gros soupir.

— Tu peux me regarder. Je ne vais pas te faire la morale, dit-il sèchement. La plupart des gens sont nerveux à l'idée d'aller chez le médecin, et encore plus lorsqu'ils ont un véritable problème de santé. La TSV n'est pas un problème insurmontable. Je veux voir ce qui se passe pour toi maintenant. Est-ce que tu serais d'accord pour porter à nouveau un moniteur cardiaque ?

— Bien sûr.

— Bien. Je vais t'en procurer un avant que tu partes.

— Tu en as un ici ?

— Vivre au milieu de nulle part a ses inconvénients, mais l'avantage, c'est que je garde un petit stock de fournitures pour éviter d'envoyer mes patients ailleurs.

— Eh bien, c'est pratique.

Il me fit un sourire.

— Je te propose un rendez-vous dans deux semaines et on discutera de tes options quand on aura reçu ce rapport. Ça te va ?

J'acquiesçai d'un signe de tête.

— C'est tout ?

— C'est tout, mais ça m'intrigue. Ton dossier n'indique aucun antécédent familial de problèmes cardiaques.

— Pas à ma connaissance, confirmai-je en secouant la tête.

— Mais tu as déjà demandé à quelqu'un de ta famille ?

— Non, avouai-je en rougissant.

— Si tu te sens à l'aise pour demander, ces détails sont bons à savoir. Ils nous aident à prendre des décisions éclairées.

— Je vais demander, dis-je doucement.

— Tu n'es pas obligée, mais ça serait certainement utile.

Il se leva et me tendit la main.

— Ravi de t'avoir rencontrée, déclara-t-il en me serrant la main. J'espère te voir en ville ou à un cours de yoga.

— Merci, lançai-je alors qu'il quittait la pièce.

Quelques instants plus tard, je marchai rapidement jusqu'à la salle d'attente. La réceptionniste me sourit.

— Carla est en train de préparer ton moniteur.

Une femme passa la porte située derrière le bureau d'accueil. Elle avait des cheveux auburn et un corps gracieux. Elle me sourit.

— Salut.

— Salut, répondis-je.

— Elle, c'est Lacey, la femme de Quinn, dit la réceptionniste.

— Tu n'as pas besoin de me présenter à chaque fois. Je passais juste imprimer quelque chose. Mon imprimante est tombée en panne, expliqua Lacey.

— Ton imprimante est en panne depuis plus de deux mois, plaisanta la réceptionniste.

Lacey poussa un soupir.

— Je vais la faire réparer, promis juré.

Elle me jeta un coup d'œil avant d'ajouter :

— Ta tête me dit quelque chose, mais je ne sais pas trop pourquoi.

— J'ai emménagé ici il y a un peu plus d'un an. Quinn m'a dit qu'il va aux cours de yoga de Gemma. Je vais aussi à son cours en ville, une fois par semaine environ.

— Oh, c'est probablement là que je t'ai croisée, répondit-elle.

— Je m'appelle Harley, Harley Jackson. Je travaille à Walker Adventures. Je fais du web design, de la conception graphique, ce genre de choses.

— Oh, c'est génial. Ma sœur Marley travaille aussi dans le domaine de l'informatique. Au fait, vos prénoms riment, commenta-t-elle.

J'éclatai de rire.

— En fait, je connais Marley. On s'est vues plusieurs fois. Elle nous recommande auprès de ses clients et vice-versa.

— Eh bien, je suis ravie de te rencontrer. Attends une seconde... Tu es la sœur de Diego ?

— Bien deviné, dis-je en levant le pouce.

La réceptionniste tendit à Lacey une liasse de documents fraîchement sortis de l'imprimante.

— Voilà.

Lacey disparut avec un sourire et un signe de la main. Carla vint m'expliquer rapidement comment utiliser le moniteur cardiaque. Je n'étais toujours pas ravie de cette maladie cardiaque, mais j'aimais bien mon nouveau médecin. En rentrant à Walker Adventures en voiture, je réfléchis à la meilleure façon de demander à un membre de ma famille ses antécédents médicaux. En plus de Diego, qui vivait ici, j'avais trois sœurs au Texas. Ils prenaient tous ce genre de problèmes à cœur, mais je ne voulais pas qu'ils s'inquiètent pour moi.

Chapitre Neuf

HARLEY

— Oui ! s'exclama Cat en levant son poing vers le ciel.

Grant s'adossa aux coussins et jeta ses cartes sur la table basse.

— J'abandonne.

— Vraiment ?

Je ne pus m'empêcher de rire.

Cat avait persuadé Grant et moi de jouer aux cartes avec elle. Elle nous avait dit qu'elle devait se préparer aux soirées cartes qui allaient être organisées un jour ou l'autre.

— On va vraiment faire ça chaque semaine ? demanda Grant.

Cat haussa les épaules.

— J'envisageais plutôt d'organiser ça une fois par mois. Ça te dérange ?

Grant leva les yeux au ciel.

— C'est plus sympa entre mecs.

— Peut-être, mais tu vis avec deux femmes maintenant, alors fais avec, rétorqua Cat.

Je réprimai un rire. Grant leva les yeux. À la seconde où son regard croisa le mien, une bouffée de chaleur me traversa. Je pensais avoir plutôt bien réussi à l'éviter jusqu'à présent. Je savais que mettre la puce à l'oreille de Cat en refusant de me joindre à eux ce soir-là aurait été malavisé, puisque nous vivions ensemble. Je fus soulagée lorsque je le vis détourner le regard en premier.

Je saisis mon verre de vin et bus une gorgée. En tant que personne disciplinée, j'étais déterminée à oublier cette stupide attirance.

Trois jours plus tard

— C'est quoi ce bordel ? m'écriai-je en claquant la porte derrière moi.

Grant était assis à la table de la cuisine. Il portait un T-shirt et un pantalon de survêtement, les pieds calés sur une autre chaise.

J'ôtai ma veste, la suspendis au portemanteau, puis retirai mes chaussures d'un coup de pied avant de laisser tomber mon sac à main sur la table près de la porte.

— Qu'est-ce que t'as dit à Diego ?

Je traversai rapidement le salon pour me rendre dans la cuisine.

— Je lui ai dit que j'étais entré l'autre jour et que j'étais presque sûr que tu t'étais évanouie. Je lui ai aussi dit que je t'avais dit de voir un médecin.

— Grrrr, marmonnai-je. Comment t'as pu faire ça ?

— Harley, je m'inquiétais pour toi. Je n'avais pas réalisé que c'était un secret.

— Maintenant, Diego est en mode panique totale.

— Eh bien, peut-être que si tu allais chez le médecin, personne ne s'inquiéterait. T'es allée voir le médecin ?

— Oui, lâchai-je.

J'enroulai mes bras autour de ma taille, puis je me retournai et commençai à faire les cent pas près de la table.

— Je ne comprends pas pourquoi tu es contrariée. Je parie

que tu préviendrais Cat, Flynn ou Nora si tu me trouvais évanoui, fit remarquer Grant.

Il avait raison, mais je ne comptais pas l'en informer. Je levai les mains en l'air avant de les laisser retomber en signe de frustration. Je revins vers lui d'un pas lourd, plantai mes mains sur mes hanches et le fusillai du regard.

Il se pencha et jeta son portable sur la table, l'air bien trop calme et détendu à ce sujet.

— Alors, qu'est-ce que le médecin a dit ?

— Eh bien, ça ne te regarde pas, mais je vais bien. Tu sais que les informations médicales sont privées, répondis-je.

Grant leva les yeux au ciel.

— D'accord. Tu n'es pas obligée de me le dire, mais si tu as un problème de santé, tu devrais prévenir ta famille.

Je levai à nouveau les mains en l'air. Grant s'adossa à sa chaise.

— Si tu ne veux pas que les gens pensent que c'est grave, peut-être que tu ne devrais pas te mettre aussi en colère.

— T'es sérieux, là ?

Alors que je devais normalement lever les yeux vers Grant vu notre différence de taille, comme il était assis et moi debout, nos yeux se trouvaient presque au même niveau. Je me penchai et pressai le bout de mon doigt contre sa poitrine.

Les yeux bleu argenté de Grant croisèrent les miens et s'assombrirent. Je me rendis brusquement compte, bien trop tard, que j'étais *beaucoup* trop près de lui. Le bout de mon doigt appuyé sur sa poitrine, je pouvais sentir la chaleur qui en émanait. Elle remontait le long de mon bras telles des flammes vacillantes et rayonnantes. Mon estomac se noua et mon souffle devint court.

Je tentai de me forcer à reculer, mais je n'y parvins pas. Je m'agrippai à ma colère comme à une bouée de sauvetage.

— Tu n'aurais pas dû dire quoi que ce soit à Diego. C'est mon problème.

Grant ne détourna pas le regard. J'avais l'impression qu'il

relevait le défi que je lui avais lancé, telle une flèche enflammée qu'il attraperait au vol. Il haussa les épaules en plissant les yeux.

— Qu'est-ce que tu vas faire exactement ?

J'ouvris la bouche pour dire quelque chose, mais je me penchai alors plus près. Je ne savais pas ce que je voulais. Je n'avais pas l'intention de l'embrasser, mais peut-être bien que si. Je n'avais toujours pas oublié notre baiser de l'autre soir. Je m'étais dit pendant des jours que je me souviendrais de toutes les raisons pour lesquelles embrasser Grant Walker était une idée stupide et que je ne l'embrasserais plus jamais.

Stupide ou non, mon corps n'en faisait qu'à sa tête. Nos bouches se rencontrèrent et j'eus l'impression que la foudre s'était abattue sur nous. Je menais une guerre perdue d'avance en mon for intérieur. Sa main se glissa autour de ma nuque, m'attirant plus près.

Toutes mes pensées rationnelles se dispersèrent comme des feuilles emportées par une bourrasque. Je m'assis sur ses genoux, à califourchon sur lui. Il était tout en muscles, fluide sous mes doigts, chaud, fort et dur à plus d'un endroit. Je me rapprochai encore plus près, savourant la sensation de son excitation contre moi.

Je haletai quand il passa un bras autour de ma taille, me serrant contre lui. Tout cela était si agréable. Mes tétons me faisaient mal, pressés contre son torse musclé.

Je me libérai de sa bouche pour inspirer à pleins poumons. Nos regards se croisèrent et nous nous regardâmes fixement. C'était comme si nous avions eu toute une conversation sans prononcer un mot.

C'est de la folie.

Je sais. Mais c'est tellement bon.

Je sais.

C'est stupide.

Je sais, mais j'ai trop envie de toi.

Je ne m'étais pas rendu compte que j'avais chuchoté cette

dernière partie à voix haute jusqu'à ce qu'il me réponde à son tour :

— Je sais. Moi aussi.

Après avoir tous les deux repris notre souffle, nous nous embrassâmes de plus belle. Il rompit le baiser trop tôt à mon goût. Pendant une fraction de seconde, je crus qu'il allait être le plus sensé de nous deux. Qu'il allait me dire qu'on devait s'arrêter tout de suite et mettre fin à cette folie.

Au lieu de cela, il mordilla le lobe de mon oreille et je frissonnai dans ses bras en me mordant la lèvre. Je tentai vainement de retenir un gémissement. Ses lèvres taquinèrent la peau sensible juste sous mon oreille avant de déposer des baisers brûlants dans mon cou. Les baisers se succédèrent, accompagnés du doux frôlement de ses lèvres, ouvertes et humides. Je fus envahie de chair de poule et la sensation grésilla le long de ma colonne vertébrale dans un frisson ardent.

Il marmonna quelque chose, leva la tête et passa sa main dans l'ourlet de ma chemise. Une seconde plus tard, de l'air frais caressa ma peau. Il avait soulevé ma chemise avant de la faire passer par-dessus ma tête. J'étais une femme pragmatique la plupart du temps, sauf quand il s'agissait de mes sous-vêtements. Ce jour-là, je portais un soutien-gorge en soie d'un bleu marine profond, dont les bonnets couvraient à peine mes tétons.

Grant baissa les yeux, puis les posa à nouveau sur moi, le regard sombre.

— Putain, Harley, murmura-t-il.

Il passa ses jointures sur le sommet de mes seins alors qu'il baissait la tête. Sa langue taquina la peau juste au-dessus de mon soutien-gorge avant de plonger plus bas, sa bouche se refermant sur l'un de mes tétons par-dessus la soie. J'enfonçai mon doigt dans ses cheveux en poussant un cri aigu.

Il releva la tête.

— T'es tellement sexy, putain.

J'ouvris la bouche pour argumenter, mais il posa un doigt sur mes lèvres avant d'ajouter :

— Ne discute pas avec moi.

Je tâtonnai pour attraper sa chemise.

— Enlève ta chemise, exigeai-je d'un ton bourru.

— Oui, madame, répondit-il, ses lèvres se retroussant en un sourire narquois tandis qu'il passait la main derrière sa tête.

Il ôta sa chemise, et soudain, tous ses muscles se pressèrent contre moi. Sa peau était chaude au toucher, semblable à un brasier contre la mienne. Le contraste entre son torse musclé et ma peau de pêche était enivrant.

Les sensations prirent irrémédiablement le dessus sur ma raison. C'était comme si un fusible avait sauté dans mon cerveau. Ma raison céda la place à un désir pur, un véritable besoin, un feu ardent qui faisait rage dans mon système nerveux.

Il posa sa paume sur le bas de mon dos et la fit remonter le long de ma colonne vertébrale, me poussant vers l'avant alors qu'il collait sa bouche à la mienne dans un baiser dévorant et revendicateur. Grant était un gars tellement facile à vivre, toujours prompt à sourire et à faire entendre son rire léger. Je ne m'attendais donc pas à cette intensité, à cette pointe de possessivité.

Nos langues s'affrontèrent et je me sentis perdre pied, mon besoin de contrôle cédant à cette marée de désir qui me poussait à m'abandonner complètement à cet homme. Et il me revendiqua dans les grandes largeurs. Un baiser dévorant après l'autre.

Ses mains explorèrent mon corps, s'emparèrent de mes seins et les caressèrent jusqu'à ce que je le supplie.

— Grant, s'il te plaît...

Son petit rire contre ma peau me fit l'effet d'un feu léchant la surface. Mon soutien-gorge rejoignit le sol et ses lèvres se refermèrent sur l'un de mes tétons. La chaleur soudaine qui en résulta m'arracha un cri rauque. Je me mis à onduler contre l'épaisse virilité palpitante nichée entre mes cuisses. Le frottement rugueux de nos vêtements engendrait un plaisir à la fois doux et intense qui déferlait en petites vagues successives. Je sentais ma délivrance approcher, et je la voulais tellement.

— Attends un peu, murmura Grant.

Il me fit descendre de ses genoux. Une sensation de manque m'envahit et je faillis protester.

Il se montrait tellement plus maître de lui que moi. Il déboutonna mon jean et ses doigts glissèrent entre mes cuisses alors qu'il le faisait brutalement descendre le long de mes jambes. J'étais mouillée, dégoulinante, glissante d'excitation. Il me regarda droit dans les yeux et je ne pus détourner le regard alors qu'il sondait mon âme. Avec mon jean encore au niveau de mes genoux, la friction était intense. Ses doigts faisaient des va-et-vient en moi tandis que le talon de sa paume stimulait inlassablement mon clitoris.

Je tentai désespérément de garder un semblant de contrôle, mais je n'y arrivais pas. Mon orgasme me frappa brusquement, les vaguelettes de plaisir se transformant progressivement en un véritable tsunami. Je laissai échapper un cri étouffé alors que je tremblais de tous mes membres. Mes genoux se dérobèrent, alors il m'attira sur ses genoux.

La déferlante de plaisir me parut interminable, mais elle finit par ralentir, laissant à nouveau la place à des vaguelettes. Épuisée et comblée, je demeurai blottie contre lui. Il retira lentement ses doigts et j'ouvris péniblement les yeux. Il me regardait, l'air aussi stupéfait que moi, ce qui était un soulagement.

Je faillis jouir à nouveau lorsqu'il porta ses doigts à sa bouche et les lécha en murmurant :

— J'ai besoin de savoir quel goût tu as.

Il laissa tomber sa main et m'embrassa à nouveau. Je goûtai la saveur subtile de ma propre excitation sur ses lèvres. Un instant plus tard, il releva la tête et murmura :

— Cat va arriver d'une minute à l'autre.

Je descendis de ses genoux et nous nous rhabillâmes en vitesse. Je jetai un coup d'œil à l'horloge, me rappelant qu'elle arrivait habituellement à cette heure-ci pour préparer les pâtisseries du lendemain matin. Juste à ce moment-là, j'entendis ses bruits de pas dans l'escalier.

Chapitre Dix

GRANT

— Grant ? demanda Skylar en agitant la main devant mon visage.

— Mmm ? articulai-je en baissant les yeux.

Elle me fixa, ses yeux bleus clignant rapidement.

— T'es avec moi, mec ?

— Oh oui, désolé.

Tucker, l'un des autres pilotes et le petit ami de Skylar, s'approcha.

— Moi, j'ai de la place.

— De la place pour quoi ? demandai-je.

Skylar jeta un coup d'œil à Tucker avant de me regarder en levant les yeux au ciel.

— T'es sérieusement à côté de la plaque aujourd'hui.

— Qu'est-ce que tu racontes ?

— Je viens de te demander si tu avais de la place pour charger cette palette.

Elle désigna la palette en question d'un geste du pouce par-dessus son épaule.

— Oh, répondis-je simplement.

Tucker me jeta un regard en coin.

— Tout va bien ?

— Oui, tout va bien, marmonnai-je.

Tout allait *très* bien. Sauf que Harley m'avait époustouflé il y a trois nuits et je n'arrêtais pas d'y penser. Nous avions tous les deux brillamment réussi à nous éviter depuis, et pourtant, je n'arrêtais pas de penser à elle. Voilà l'ampleur du désastre. J'avais même essayé de coucher avec Layla la veille, mais je n'avais même pas pu me résoudre à l'embrasser. C'était fou. J'avais l'impression d'avoir perdu la tête.

Tucker jeta un coup d'œil à l'arrière de mon avion, puis regarda Skylar en se redressant.

— On n'a qu'à mettre la moitié dans son avion et l'autre moitié dans le mien.

Après m'être sévèrement réprimandé intérieurement, je les regardai tour à tour avant de lâcher :

— Ça me semble être un bon plan. Je ne peux pas prendre toute la palette. Qu'est-ce qu'elle contient, d'ailleurs ?

— De la nourriture, répondit Skylar. Allez, au boulot.

À nous trois, nous chargeâmes rapidement les deux avions. Une fois que nous eûmes fini, Skylar sourit.

— Merci, les gars.

Tucker se pencha pour l'embrasser.

— À ce soir.

Je lui fis un signe de la main avant de monter dans mon avion. Ma journée consistait à transporter des marchandises, puis à assurer quelques vols locaux. J'étais reconnaissant de ne pas avoir à transporter de touristes, avec lesquels j'aurais dû faire plus d'efforts pour faire la conversation.

En milieu de matinée, j'atterris à Seldovia, où m'attendait mon ami Tom. Il m'accueillit avec un sourire malicieux et un haussement de sourcils.

— Qu'est-ce que t'as de beau aujourd'hui ? Il n'y a plus une brique de lait au magasin, alors j'espère que t'en as apporté.

— Je ne sais pas ce qu'il y a dans ces caisses, mais il y a probablement du lait. Tucker sera là dans un moment avec encore plus de provisions, répondis-je.

— Je n'en doute pas, dit-il en souriant.

Il m'aida à décharger l'avion et demanda :

— Tu pourrais te dépêcher un peu pour le vol de retour ? Je vais être en retard à mon rendez-vous chez le médecin.

— Je suis en retard ? demandai-je.

— Non, c'est moi, répondit-il avec un petit rire. J'étais censé prendre l'avion avec Nora tout à l'heure, mais j'ai eu une panne d'oreiller.

Je ris et j'ouvris la portière du passager.

— Monte devant, mon vieux. Je n'ai pas d'autres passagers sur ce vol.

— Sympa. On peut discuter ?

— Bien sûr.

Tom était un client régulier. La plupart des gens du coin étaient des habitués. C'était l'une des choses que j'aimais le plus dans mon travail. J'adorais voler et j'avais le privilège de survoler chaque jour les paysages époustouflants de l'Alaska. On faisait un peu de tout : emmener des touristes en excursion, transporter des marchandises ou aider les habitants de la région. C'était un travail unique en son genre et je ne l'aurais échangé pour rien au monde.

Une fois en vol, nous bavardâmes par oreillette sur une fréquence privée, parlant météo, affaires et autres sujets. Tom fit remarquer qu'il devait aller chercher un cadeau pour son anniversaire de mariage.

— Ah oui ?

— Oui, c'est mon quatrième mariage, mais elle était aussi ma première femme. Donc, techniquement, c'est comme si c'était mon premier, dit-il en riant.

Je ne pus m'empêcher de rire à mon tour.

— Hé, mieux vaut tard que jamais, ajouta-t-il.

— Qu'est-ce que tu vas lui offrir ?

— Je ne sais pas. Je suis vraiment nul pour trouver des idées de cadeaux. Par contre, je suis doué pour me rappeler que je dois les offrir.

— Tu sais au moins ce qu'elle aime ? demandai-je.

— C'est ça le problème. Elle a déjà tout ce qu'il faut. Elle dit toujours que je ne devrais pas m'en inquiéter.

— Eh bien, tu devrais peut-être faire quelque chose pour elle.

— Comment ça, faire quelque chose pour elle ?

— Je ne sais pas. Par exemple, il y a ce nouveau spa à Diamond Creek.

— Oh, je pourrais lui offrir une carte-cadeau, pour un massage ou quelque chose comme ça ?

— Oui, exactement. Il est situé juste à côté du studio de yoga de Gemma.

J'avais appris qu'il allait parfois aux cours de yoga de Gemma lorsqu'il était à Diamond Creek.

— J'adore cette idée. T'as un don pour ça. Si jamais tu finis par te caser un jour, tu deviendras un pro des cadeaux.

Je haussai les épaules.

— C'était juste une idée. Ça fait combien de temps que vous êtes mariés ?

— Eh bien, si je compte nos premières années de mariage...

Il compta rapidement sur ses doigts avant de poursuivre :

— ... Vingt ans.

— Et t'as quel âge ? demandai-je.

Il remua les sourcils.

— Seulement soixante-quatre. Je me dis qu'on peut viser au moins les quarante ans de mariage. En fait, je compte arriver à cent. J'aime mettre la barre assez haut.

Je ris de bon cœur.

— Et toi ? T'as une relation sérieuse en ce moment ?

— Non, dis-je en secouant la tête.

— Tous tes amis sont mariés ou presque. Tu ne crois pas que c'est ton tour ?

Je lui jetai un regard.

— T'es sérieux ?

— Eh bien, non, mais oui, répondit-il.

J'éclatai de rire.

— Oui ou non ? Décide-toi.

Il haussa les épaules.

— Je ne sais pas. Tu as quel âge ?

— Trente ans.

— Il est grand temps que tu arrêtes d'être stupide. C'est à ton âge que j'ai commencé à remettre ma vie en ordre.

Bien sûr, je pensai tout de suite à Harley parce que, eh bien, elle avait joui sur mes doigts l'autre soir. L'avoir dans mes bras, la sentir se perdre dans le plaisir, avait été l'expérience la plus torride de ma vie. À cet instant, bien que je n'aurais pas dû réagir ainsi, je sentis un tressaillement dans mon bas-ventre. C'était dire à quel point je la désirais.

La question que je posai ensuite me surprit moi-même.

— Comment tu l'as su ?

— Comment j'ai su quoi ?

— Que c'était la bonne ?

— J'étais idiot quand j'étais jeune, lâcha-t-il avec son habituel franc-parler. En fait, je savais que ma première femme était la bonne, mais je n'étais pas le couteau le plus aiguisé du tiroir à l'époque. On était jeunes quand on s'est mis ensemble pour la première fois. Je ne dirais pas que je n'ai pas aimé ma deuxième et ma troisième épouse, mais ce n'était pas tout à fait la même chose. Entre nous, il y avait ce petit truc en plus. Mais ça ne veut pas dire que c'est facile. Ce n'est vraiment pas facile avec elle. C'est elle qui me donne le plus de fil à retordre. Le plus important, c'est la confiance.

— Qu'est-ce que tu veux dire par là ?

— Savoir qu'au fond, quand les choses se compliquent, vous serez là l'un pour l'autre, prêts à vous soutenir. Tu vois ce que je veux dire ? On continue à se disputer. Et quand on se dispute, crois-moi, ça déménage. Elle a un caractère bien trempé, et moi aussi. C'est à cause de ça qu'on a fini par divorcer quand on était plus jeunes. On s'est assagis en vieillissant. Maintenant, quand on se chamaille, on finit toujours par en rire.

Il leva les yeux au ciel avant d'ajouter :

— Je ne sais pas si je me fais bien comprendre, mais elle est mon roc.

Je hochai lentement la tête.

— Je crois que je comprends ce que tu veux dire.

— Au fait, pourquoi cette question ? T'as quelqu'un en tête ? plaisanta-t-il.

Je lui lançai un regard noir.

— Non, mentis-je. Je me posais simplement la question. Comme tu l'as souligné, tous mes frères et sœurs ont déjà trouvé l'amour, sauf Cat.

— En même temps, elle est encore trop jeune, justifia-t-il. Elle compte aussi devenir pilote d'avion ?

— Elle disait ça quand elle était petite, mais maintenant, elle adore cuisiner à l'auberge, déclarai-je.

— Alors elle devrait suivre sa passion pour l'instant. Elle pourra toujours changer d'avis plus tard.

Peu de temps après, nous atterrîmes et sortîmes de l'avion. Alors qu'il s'apprêtait à partir, Tom jeta un coup d'œil en arrière.

— Je pense que tu as quelqu'un en tête. Ne sois pas stupide comme moi.

— Qu'est-ce que tu veux dire ?

— Fais le bon choix dès le début.

Il me fit un clin d'œil avant de me saluer d'un signe de la main et de s'éloigner.

Chapitre Onze

GRANT

Je mordis dans mon burger et fermai les yeux de contentement avant de les rouvrir.

— Leurs burgers sont vraiment trop bons.

— C'est clair, répondit Flynn.

Je pris une gorgée de bière tout en balayant la table du regard. Toutes les quelques semaines, nous essayions d'organiser une soirée entre mecs. Ce soir-là, nous étions au complet : Flynn, Diego, Tucker, Gabriel, Elias et moi-même. Nous nous étions retrouvés à la brasserie Glacier, qui proposait d'excellents plats pour accompagner la bière.

— Le calendrier est très chargé ces jours-ci, remarqua Diego entre deux bouchées de son burger.

Flynn hocha la tête.

— Je sais. Pour l'instant, on doit faire avec. Je n'ai pas envie d'acheter un autre avion ou d'embaucher un autre pilote.

— Je comprends, mec. Ce serait beaucoup à gérer, répondit Elias.

Notre conversation se porta ensuite sur le travail et nos vies respectives. Diego était assis par hasard à côté de moi. Flynn discutait avec Gabriel d'un souci dans l'un des avions et Diego se tourna vers moi :

— Au fait, merci de m'avoir parlé du problème de Harley. Elle t'en a voulu ?

— Oh que oui, répondis-je avec un petit rire.

J'ignorai la bouffée de chaleur qui me traversait à la moindre mention de Harley. La sœur de Diego m'en voulait vraiment. Puis j'avais perdu la tête et je l'avais embrassée à nouveau. Et de fil en aiguille, elle avait fini par jouir sur mes doigts. J'avais complètement perdu la tête.

Je forçai mon esprit à se concentrer sur le moment présent.

— Elle m'a dit qu'elle était allée chez le médecin.

— Ah oui ? demanda-t-il.

— Elle a dit qu'apparemment, ce n'était pas très grave. Juste un problème d'hypoglycémie.

— J'espère qu'elle dit la vérité, commenta-t-il.

— Tu crois qu'elle a menti ?

Diego haussa les épaules.

— Je connais bien Harley, elle déteste par-dessus tout qu'on s'inquiète pour elle.

— Mmm, me contentai-je de répondre.

La dernière chose que je voulais, c'était de passer plus de temps à parler de Harley. C'était déjà assez pénible de la voir se taper l'incruste dans mes pensées la plupart du temps.

Plus tard, alors que j'étais déjà dans mon lit, j'étais à l'écoute du moindre son provenant de sa chambre. C'était le quatrième jour où j'étais parvenu à éviter de la croiser dans la maison. Et pourtant, elle était là, de l'autre côté du mur qui séparait nos chambres.

Sa porte était fermée quand j'étais rentré à la maison. Je ressassais le dernier commentaire de Diego sur Harley. J'espérais qu'il n'y avait rien de grave et qu'elle ne nous cachait pas quelque chose de sérieux. Ma mère était décédée d'une malformation cardiaque non diagnostiquée alors que j'étais à l'université. Sa mort me pesait encore. Elle avait eu des problèmes de santé de temps à autre, mais elle ne nous avait pas raconté toute l'histoire. Je me rappelai mon inquiétude à l'époque, mais elle m'avait juré que tout allait bien et avait insisté pour que je parte à l'université.

C'était au milieu du semestre de ma première année que j'avais reçu l'appel d'urgence. Le médecin nous avait dit que son pronostic n'aurait pas été bon à long terme à cause des complications. Pourtant, je ne pouvais m'empêcher de penser que si je n'étais pas parti à la fac, elle s'en serait sortie. Je m'étais dépêché de rentrer pour m'occuper de Nora et de Cat, en essayant de maintenir notre famille unie jusqu'à l'arrivée de Flynn.

Après le retour de Flynn à la maison, la situation avait commencé à devenir moins pesante. Mais même à ce moment-là, j'en portais encore le poids. Un sentiment de culpabilité profondément ancré continuait de me ronger. Je pensais que j'aurais dû le savoir. Mon esprit savait que c'était illogique, mais ça n'avait aucune importance.

Même si je comprenais que Harley était en colère contre moi pour l'avoir mentionné à Diego, elle ignorait la raison qui m'avait poussé à le faire. Mon esprit s'emballa. Les souvenirs de l'autre soir n'arrêtaient pas de s'allumer comme de petites ampoules dans ma mémoire. Chaque souvenir déclenchait une réponse viscérale, mon corps frissonnant sous des décharges électriques persistantes.

Diego m'aurait tué s'il apprenait que j'avais eu des pensées déplacées envers sa sœur, et pire encore, que j'en avais concrétisé certaines. Je me dis que je pourrais peut-être surmonter mon attirance pour Harley si elle ne vivait pas dans la même putain de maison que moi.

———

Je jetai un coup d'œil à Tucker, qui franchissait la porte du garage menant à l'un de nos hangars à avions.

— Salut ! lançai-je en le voyant approcher.

— Salut, tu veux aller dîner au Sally's ?

— Tu n'as rien prévu avec Skylar ?

Tucker sourit en secouant la tête.

— Elle travaille tard ce soir. Ludie et elle sont en train de revoir la comptabilité mensuelle. Elle est très stressée à ce sujet... Elles ont déjà commandé des plats à emporter.

— Ça fait de moi ton bouche-trou, ironisai-je.

Tucker tendit la main et tapota légèrement mon épaule.

— Non, t'es mon pote, et j'aime bien passer du temps avec toi.

— T'as le droit d'être honnête. Je sais que c'est juste parce qu'elle est occupée, plaisantai-je.

Il leva les yeux au ciel.

— J'essaie toujours d'être là quand on se retrouve tous à la brasserie, non ?

— Oui, c'est vrai.

— Allez, viens au Sally's. Je serai ton compagnon de drague et je m'éclipserai au bon moment, plaisanta-t-il avec un sourire entendu.

— Je n'ai pas besoin de ton aide pour draguer, mec.

— T'es sûr ? taquina-t-il.

— Ouais, répliquai-je, décidant d'ignorer l'irritation subtile que je ressentais.

Ces derniers temps, j'étais agacé qu'on me taquine en me dépeignant comme une sorte de Don Juan. Ce n'était pas le cas. Je n'étais simplement pas intéressé par une relation sérieuse.

— Laisse-moi prendre mes affaires.

Je me penchai à l'avant de l'avion et récupérai mon sac à dos posé juste derrière le siège.

Tucker traversa le garage et lança :

— T'as besoin de quelque chose du bureau, ou bien je peux éteindre la lumière ?

— Tu peux éteindre, répondis-je.

Un instant plus tard, nous verrouillâmes la porte du hangar et sortîmes ensemble par l'entrée latérale.

Tucker marqua une pause, son regard allant des hangars à avions au champ marécageux et aux montagnes au-delà.

— Bon sang, ça fait plus de cinq ans que je suis ici, et je ne me suis toujours pas habitué à ces journées d'été interminables.

Je haussai les épaules.

— Moi, je n'ai connu que ça. Quand j'étais ado, je me couchais hyper tard et je faisais toujours ce que je voulais.

— Ça aide d'avoir des stores occultants. Quand j'ai emménagé ici, je n'en voyais pas l'intérêt. Maintenant, je suis plus malin, commenta-t-il.

— Quand j'étais gamin, on ne pouvait pas s'en payer, alors on couvrait les fenêtres avec de l'alu.

Tucker gloussa. Nous avions pris chacun notre voiture jusqu'au Sally's parce qu'il prétendait vouloir partir plus tôt que moi. J'étais décidé à lui prouver qu'il avait tort. J'étais entré dans une nouvelle phase de responsabilité et je ne ressentais pas le besoin de sortir tard et de faire la fête. Je tentai de me convaincre que cela n'avait rien à voir avec Harley. Rien du tout.

Peu après, on nous installa dans un box. Le Sally's était une ancienne grange rénovée en bar-restaurant. La cuisine était au centre, le restaurant d'un côté avec des box et des tables, et l'autre côté comportait des tables plus petites et une scène pour les concerts. L'ancien grenier à foin avait été rénové en coin salon. L'établissement proposait une ambiance détendue et décontractée, avec des planchers de bois franc à larges planches, usés par des années de fréquentation. C'était l'un des lieux de divertissement les plus prisés du coin, avec des soirées cartes, des soirées karaoké, une scène ouverte et bien d'autres choses. On y trouvait aussi de bons plats de pub, rien d'extravagant, mais toujours conformes à ce qu'on attendait.

Tucker leva sa pinte et trinqua avec moi.

— Une seule bière ce soir.

Je gloussai.

— Oui, on conduit tous les deux. Alors, comment ça se passe avec Skylar ?

Il termina sa gorgée de bière et ses lèvres se retroussèrent en un sourire.

— Bien, vraiment bien.

— Tant mieux, tu le mérites.

— Ah oui ? Je n'ai jamais compris pourquoi les gens disent une chose pareille.

— Qu'est-ce que tu veux dire ?

— Tu ne crois pas que tout le monde mérite un peu de bonheur dans la vie ? Je ne me considère pas plus spécial que les autres, déclara-t-il modestement.

Je haussai les épaules.

— D'accord, tu marques un point. Mais ton amour de jeunesse est parti trop tôt, alors j'ai l'impression que tu as bien mérité un peu de chance. Tu devrais t'autoriser à en profiter.

— Tu sais ce qu'on dit, les vieilles habitudes ont la vie dure, dit-il en riant.

— Je comprends.

Son regard s'assombrit.

— Je suppose que oui. Tes deux parents sont morts alors que tu étais assez jeune.

J'avalai une gorgée de bière en acquiesçant.

— Ouaip. Notre père n'était pas très présent. Il me manque, mais on ne pouvait pas vraiment compter sur lui. Ma mère, par contre... Sa mort m'a fait mal.

Je frappai doucement mon cœur avec mon poing.

— T'avais quel âge quand c'est arrivé ?

— J'étais à la fac. On savait qu'elle avait des problèmes cardiaques, mais on ne savait pas que c'était si grave. Elle s'est évanouie et les médecins n'ont pas réussi à faire repartir son cœur.

Je déglutis, une boule dans la gorge menaçant de m'étouffer pendant une minute. Le chagrin ressemblait à des flèches invisibles, frappant aveuglément et laissant des blessures profondes.

— Elle était tout pour nous.

— Ça fait mal de perdre quelqu'un comme ça.

— C'est clair. Elle me manque toujours.

— Flynn était avec nous. Je me souviens du moment où il a

reçu cet appel, et lorsqu'il a ensuite pris ses dispositions pour rentrer à la maison.

— J'étais à Anchorage. Dès que j'ai appris la nouvelle, j'ai sauté dans ma voiture et roulé toute la nuit pour rentrer. Nora avait seize ans, et Cat n'était même pas encore une adolescente. Les juges essayaient de savoir s'il fallait une tutelle temporaire puisque je n'étais encore qu'un étudiant. Heureusement, ils ont pu contacter Flynn. Il leur a promis qu'il allait tout faire pour rentrer à la maison. Sans Flynn, je ne sais pas comment on s'en serait sortis. Je n'aurais jamais pu réussir ce qu'il a fait avec l'entreprise familiale. Ma mère avait fait de son mieux, mais les affaires ne marchaient pas très bien. Ça n'avait rien à voir avec ce qu'on a maintenant, en grande partie grâce à vous tous qui êtes venus nous offrir vos services de pilotes.

Tucker soutint mon regard et hocha lentement la tête.

— On adore tous voler. Mais même sans nous, Flynn aurait trouvé un moyen de s'en sortir.

— Peut-être, mais j'aime bien la configuration actuelle. J'ai l'impression qu'on est tous une famille.

— Ce n'est pas qu'une impression, dit-il fermement.

Le serveur vint prendre notre commande. Après que nous eûmes commandé nos plats, Layla s'arrêta et prit place dans le box à côté de moi.

— Salut, lança-t-elle en me donnant un coup d'épaule enjoué.

Je lui souris en retour. Elle adressa un sourire à Tucker et lui demanda des nouvelles de Skylar et de lui-même, l'air parfaitement à l'aise.

Un peu plus tard, Tucker prit congé en me faisant un clin d'œil et un sourire avant de me serrer légèrement l'épaule.

— À demain. Si je ne te vois pas au travail, je serai à l'auberge pour le cours de yoga.

— Ça roule. Passe une bonne soirée, répondis-je.

Je me retrouvai donc seul avec Layla.

— Comment tu vas ? Je ne t'ai pas croisé cette semaine, commenta-t-elle.

— J'ai juste été très occupé.

À ce moment-là, je décidai qu'il fallait que je me distraie de Harley et de notre interaction torride de l'autre soir. Je glissai mon bras autour des épaules de Layla.

— Tu vas où après ?

— Chez moi, répondit-elle, ses yeux bleus pétillant lorsqu'elle me sourit.

Tout ça aurait dû commencer à m'émoustiller. Au contraire, je ne ressentais rien. Je pensai qu'un baiser sur le parking suffirait peut-être à me mettre dans l'ambiance.

Raté. Je ne pouvais même pas me résoudre à l'embrasser.

— Quelque chose ne va pas, Grant ? demanda-t-elle alors que nous étions près de sa voiture.

— Non. C'est bon de te voir.

Elle se pencha, m'embrassa sur la joue, puis attrapa ma main pour me rapprocher d'elle. Je secouai la tête.

— Pas ce soir.

Je conduisis jusque chez moi en pensant à Harley.

Chapitre Douze

HARLEY

Quelques jours plus tard, j'étais de retour au cabinet médical, où Quinn m'attendait patiemment. Je fixai mes mains avant de le regarder à nouveau dans les yeux. Il était un peu trop beau pour être médecin, mais je l'aimais bien. Il avait une attitude détendue qui me mettait à l'aise.

—Je ne veux pas prendre de médicaments, dis-je finalement.

Il prit une inspiration et hocha la tête avant de répondre :

—Je comprends, mais je pense que ça t'aiderait. J'ai peur que si tu n'en prends pas...

Je secouai la tête alors qu'une vague de colère montait en moi.

— Pourquoi ? C'est juste un rythme cardiaque irrégulier, protestai-je.

— Ce n'est pas si simple. Un rythme cardiaque trop irrégulier affecte le flux d'oxygène dans ton système. C'est ce qui provoque les évanouissements. Est-ce que tu peux m'aider à comprendre ce qui te préoccupe et pourquoi tu es si opposée aux médicaments ?

Mon irritation s'intensifia. J'avais envie de me débarrasser de cette émotion pesante. Je ne voulais pas m'expliquer. Pour cela, il aurait fallu que j'admette que je n'aimais pas avoir de faiblesse, quelle qu'elle soit.

— Je m'en sors très bien sans, lâchai-je finalement, plus sèchement que prévu.

— D'accord. Écoute, programmons un suivi. J'aimerais que tu y réfléchisses. Je vais te donner des informations qui expliquent ce qui t'arrive et comment les médicaments vont t'aider.

— D'accord. Mais tu n'es pas censé tenir compte de ce que je veux ? insistai-je.

Quinn ne semblait pas du tout déstabilisé par ma hargne.

— J'en tiens compte, mais en tant que médecin, il est de ma responsabilité d'être honnête avec toi sur ce que je te recommande et ce qui est le mieux pour ta santé. Crois-moi, je respecte le fait que tu choisisses de ne pas prendre ces médicaments. Peut-être que lorsque tu te sentiras plus à l'aise avec moi, tu pourras m'expliquer pourquoi. En attendant, programmons un suivi. Tu pourras relire toutes les informations et réfléchir à cette histoire de médicaments.

Je gardai mon sang-froid. Ce n'était pas sa faute. Mon ancien médecin traitant m'avait dit exactement la même chose.

— Ça réduira nettement les risques de faire ce genre de crises.

— Quelles crises ? demandai-je, comme si je ne le savais pas déjà.

— Les fois où tu t'évanouis, te sens essoufflée ou as l'impression d'être vidée de tes forces.

Je levai les yeux au ciel.

— D'accord. Je vais y réfléchir.

Il se leva et s'apprêtait à ouvrir la porte quand je lâchai :

— Quinn...

Il se retourna. Je poursuivis :

— Ce n'est pas toi qui m'énerves. C'est ma situation.

— Tu as le droit de t'énerver contre moi, mais merci pour la précision.

Entre ça et la conversation que je devais avoir avec Diego et nos sœurs, j'avais de quoi être irritable. Apparemment, nous avions des antécédents familiaux de problèmes cardiaques. Ma sœur aînée m'avait déjà fait la leçon. La sœur de ma mère avait souffert du même problème que moi.

Je leur avais menti en prétendant que c'était bénin et que le médecin n'avait pas jugé utile de me prescrire des médicaments. Je détestais mentir, mais je refusais de subir l'attitude envahissante de ma famille en tant que benjamine d'une fratrie de cinq, avec des sœurs autoritaires et un grand frère surprotecteur. Pour la première fois depuis cet épisode, Grant envahit mes pensées.

Ce fut un soulagement de penser à lui plus tard dans la soirée, bien que ma relation compliquée avec lui fût une distraction gênante et dévorante. Il était une meilleure option que de s'inquiéter de cette stupide histoire de cœur.

Je lui en voulais toujours d'en avoir parlé à Diego. Comme si j'avais besoin d'un autre mec surprotecteur dans ma vie. Ce soir-là, Cat n'était pas à la maison du personnel. Elle était à Anchorage avec une amie pour tout le week-end. Ce qui veut dire qu'il n'y avait plus que Grant et moi.

Ça ne changerait rien à mes plans — du moins, c'est ce que je m'étais dit. Ce n'est pas comme s'il était là tous les soirs ou que nos emplois du temps s'alignaient, de toute façon. Je traînais souvent à l'auberge avec Daphné et Nora. Ou bien je me terrais dans ma chambre pour lire et travailler tard sur des projets. Comme mon travail se faisait essentiellement en ligne, je pouvais très bien travailler dans mon lit. Je n'avais pas à interagir avec Grant.

Sauf que ce soir-là, j'en avais envie. Je voulais désespérément une distraction.

Lorsque je m'arrêtai à l'auberge, Daphné était occupée à servir des clients. Vu que Cat était partie à Anchorage, elle était plus occupée que d'habitude. Je lui proposai mon aide. Je suivis essentiellement ses instructions dans la cuisine, remuant ceci, nettoyant cela, dressant la table pour les clients, et jouant les guides touristiques pour ceux qui avaient des questions sur la région et ce qu'il y avait à faire.

Je n'arrêtais pas de me demander si Grant allait se montrer.

Le personnel passait généralement ici pour dîner en vitesse, sauf ceux qui étaient occupés à faire autre chose. Dès qu'il apparut, sa présence me fit ressentir un picotement ardent le long de ma colonne vertébrale.

Je me forçai à finir ce que j'étais en train de faire, en l'occurrence, terminer de remplir le lave-vaisselle de taille industrielle situé à l'arrière. Je me retournai et le vis debout au comptoir en train de rire de quelque chose que Flynn avait dit. Il attrapa l'un des roulés salés farcis que Daphné avait préparés pour l'apéritif. Elle en avait réservé quelques-uns pour le personnel.

Flynn reporta son attention sur Daphné, se penchant vers elle pour lui poser une question. Tandis que Grant mâchait, ses yeux parcoururent la cuisine avant de se poser sur moi, à l'arrière, près du lave-vaisselle, où je me séchais les mains avec une serviette.

Nos regards se croisèrent. J'eus l'impression d'être aveuglée par des phares et mon ventre tressaillit, envoyant des picotements dans tout mon système nerveux. Je fis très attention à ce que je faisais. Je terminai de me sécher les mains sur la serviette et je détournai le regard, puis je la jetai dans le panier à linge sous l'évier.

Je me forçai à rester calme. Daphné se retourna quand je m'arrêtai à côté de l'endroit où elle rangeait les casseroles.

— Merci pour ton aide, dit-elle avec un sourire. Vu que Cat n'est pas là, je suis un peu débordée.

— C'est un plaisir de t'aider. Tu veux aussi de l'aide ce week-end ?

— Eh bien, tu n'es pas obligée.

— Mais je te le propose, répondis-je avec un sourire.

— Ce serait génial. Merci.

Elle se pencha, enroula un bras autour de mes épaules et les serra légèrement avant de s'éloigner.

— On a fini ? demandai-je.

— Tout est rangé, dit-elle.

— Daphné, ils sont délicieux, commenta Grant en terminant un autre roulé salé. Qu'est-ce qu'il y a dedans ?

— Emmental, oignons caramélisés et rôti de bœuf.

— La pâte feuilletée est une tuerie, ajouta-t-il.

— Forcément, il y a beaucoup de beurre dedans, répondit Daphné avec un sourire. Tu peux emporter les restes si tu veux.

— Hé, attends une seconde, interrompit Flynn, les yeux écarquillés.

Daphné leva les yeux au ciel.

— J'en ai déjà gardé pour nous dans notre appartement.

— Ouf, tu me rassures, soupira Flynn.

Grant leur sourit.

— Mec, t'es vraiment gâté. Tu sais qu'elle serait prête à veiller tard pour t'en refaire si tu lui demandais.

— Je sais, mais je n'oserais jamais lui demander ça, avoua Flynn.

Daphné haussa les épaules.

— Ça ne me dérangerait pas. J'adore cuisiner. Tiens.

Elle se dirigea vers un autre comptoir et revint avec un morceau de papier d'aluminium pour emballer les roulés restants.

— Merci, ce sera mon petit-déj' de demain, déclara Grant.

— Je t'en prie.

— Bonne nuit, lança Flynn en contournant le comptoir et en tendant la main à Daphné.

Ils sortirent par la porte du couloir qui menait à leur appartement, me laissant seule dans la cuisine avec Grant. Je levai les yeux vers lui. Soudain, j'eus l'impression de me retrouver dans un cagibi, alors que la pièce était loin d'être petite. Daphné avait déjà éteint les lumières de la salle à manger, ne laissant que les faibles éclairages de la cuisine allumés.

Je jetai un coup d'œil vers les fenêtres, à la recherche d'une quelconque distraction. La lune s'élevait au-dessus des montagnes, projetant une lueur nacrée sur le paysage et illuminant un groupe de peupliers à proximité.

Le bruit de ma déglutition était audible lorsque je me retournai. Grant se tenait simplement debout, la main posée sur le bord du comptoir. J'inspirai rapidement, et même ce son anodin me sembla assourdissant. Mon cœur s'emballa, chaque battement résonnant dans mes oreilles.

— Bon... m'entendis-je murmurer d'une voix rauque.

Le regard de Grant était verrouillé sur le mien.

— Bon quoi ? insista-t-il, sa voix grave tissant des nœuds inextricables dans mon estomac.

Je déglutis à nouveau, puis je pris une décision rapide et peut-être désastreuse. Cette alchimie entre nous n'était pas prête à s'éteindre. Après avoir expérimenté ses caresses magiques l'autre soir, je ne pouvais pas m'empêcher de penser à lui.

Le bourdonnement de notre attirance mutuelle crépitait chaque fois que nous étions près l'un de l'autre. Je voulais désespérément une distraction, n'importe quoi pour arrêter de penser à mes soucis de santé. Je savais que Grant ne trouverait jamais le chemin de mon cœur.

L'air paraissait lourd autour de nous. Je me raclai la gorge.

Oh, c'est pas vrai. J'étais furieuse contre moi-même. Je n'étais pas du genre à être nerveuse d'habitude. Je fis deux pas en avant pour réduire la distance entre nous, puis je levai une main. Il haussa un sourcil et ses lèvres tressaillirent aux coins.

— Quoi ? demandai-je, m'accrochant à ma réponse agressive comme à une bouée de sauvetage.

— Je me demandais si tu t'apprêtais à me pointer à nouveau du doigt.

Mon index me démangeait littéralement.

— Non, pourquoi tu dis ça ? rétorquai-je.

— Parce que tu fais ça tout le temps, Harley. Et pas seulement avec moi.

La chaleur brute de mon désir pour lui menaçait de m'ébouillanter. Je devins encore plus chaude, ma colère remuant le chaudron du désir.

— Non, c'est faux.

— Tu veux que je demande à ton frère, ou à tous ceux qui te connaissent ? rétorqua-t-il sèchement.

Je levai les yeux au ciel.

— Peu importe. Ça fait quoi si c'est le cas ?

Il haussa les épaules.

— T'étais sur le point de me dire quelque chose. Qu'est-ce que tu voulais ?

Un pas de plus et j'allais me retrouver juste devant lui, à quelques centimètres à peine. Grant débordait de force, de chaleur et d'énergie. Et j'avais envie de lui.

J'empoignai sa chemise, l'attirai vers moi et murmurai : « Ça, » juste avant que nos bouches n'entrent en collision.

Notre baiser explosa instantanément, nos langues se livrant une véritable bataille. Grant se rapprocha, posa sa paume entre mes omoplates et la fit descendre le long de mon dos. Sa main laissa une traînée de chaleur brûlante dans son sillage.

Je haletai lorsque sa paume se posa sur mes fesses et me serra contre son érection. Nous nous séparâmes.

Je savais que mes yeux étaient écarquillés, à la fois de stupeur et de désir.

— C'est stupide, déclara-t-il sans détour.

— Non, ce n'est pas stupide, insistai-je, même si une grande partie de moi savait qu'il n'avait pas tort.

— Ah non ? reprit-il d'une voix rauque qui me fit frissonner.

— Rien ne nous oblige à aller plus loin.

— Plus loin que ce baiser, tu veux dire ? insista-t-il.

Je savais qu'il me mettait au défi de clarifier mes intentions, d'oser aller plus loin.

— Non, plus loin qu'une relation sans attaches.

L'insouciance et le désir m'avaient poussée à prononcer ces mots.

— C'est une bombe à retardement, souligna-t-il.

Si j'avais été d'humeur à réfléchir, j'aurais été d'accord avec lui.

— Non, tu exagères. Tu ne veux pas te mettre en couple et

moi non plus, et pourtant, on cherche activement à s'éviter. Avec une relation sans attaches, ce ne serait plus nécessaire. On assouvirait nos désirs et la frustration disparaîtrait.

Je me congratulai mentalement pour cette logique tordue.

Il m'observa sans mot dire pendant quelques secondes.

— Tu penses vraiment qu'elle disparaîtra ? dit-il d'un ton empreint de doute.

Je hochai la tête, attendant sa réaction alors que mon cœur battait à tout rompre et que des bouffés de chaleur allumaient de petits feux partout en moi.

Il finit par hocher la tête avant de se pencher à nouveau pour revendiquer ma bouche. Il prit le contrôle total de notre baiser.

Il me maintint fermement contre lui. Je sentis la marque de son excitation pressée contre mes cuisses. J'étais mouillée et agitée. Je déplaçai mes cuisses pour me soulager et je sentis le fluide qui trempait déjà ma culotte.

Le bruit de la porte d'entrée qui s'ouvre et se ferme nous parvint. Nous nous séparâmes brusquement, comme des aimants de même polarité.

— C'était juste un client, murmurai-je entre deux respirations agitées.

— Oui, et il pourrait entrer ici. Allez, viens.

Grant me prit la main. Nous entendîmes des bruits de pas en direction de la cuisine juste au moment où il me tira de l'autre côté de la porte menant au couloir du fond. Il referma rapidement la porte et la rattrapa à la dernière seconde avant qu'elle ne claque. Je m'arrêtai, ayant besoin de reprendre mon souffle. Je m'adossai au mur, mes omoplates pressées contre ce dernier, et je pris un moment pour me ressaisir.

Grant se retourna pour me faire face, une paume appuyée contre le mur et l'autre sur ma joue, puis il m'embrassa à nouveau à pleine bouche. Des picotements me parcouraient tout le corps, mon souffle était court et mon cœur battait à tout rompre.

Lorsqu'il releva la tête, je murmurai :

— C'est pas juste. J'essayais de reprendre mon souffle. Ton baiser n'a fait qu'empirer les choses.

Ses yeux étaient sombres et brillaient d'une lueur malicieuse. Après un moment, il répondit :

— Tu veux savoir ce qui n'est pas juste ? Ça.

Il attrapa l'une de mes mains et la plaça sur la crête dure formée par son érection. Sa queue était gonflée et chaude sous ma main. Une décharge électrique brûlante me traversa alors que nous nous regardions l'un l'autre.

Il lâcha ma main, l'entoura avec la sienne et m'entraîna à l'extérieur. Nous courûmes à corps perdu sur le chemin bordé d'arbres menant à la maison du personnel et nous passâmes la porte quelques instants plus tard.

La bouche et les mains de Grant étaient sur moi à la seconde où il ferma la porte d'un coup de pied.

Chapitre Treize

GRANT

Mes mains étaient appuyées contre la porte tandis que j'embrassais Harley. Elle haleta dans ma bouche. Nos langues s'entremêlèrent. Je respirai son odeur avant de me libérer pour aspirer l'oxygène dont j'avais désespérément besoin.

Nous nous regardâmes fixement l'un l'autre. Je savais que c'était stupide. C'était imprudent et je le regretterais un jour. Mais mon désir pour elle était si féroce qu'il submergeait tout le reste. La seule chose raisonnable semblait être de l'embrasser à nouveau. C'était du moins ce que mon corps pensait, alors je le fis.

Je l'éloignai de la porte, et nos lèvres et nos dents s'affrontèrent avec ardeur. Je ne pensais même pas pouvoir réussir à monter à l'étage. Nous arrachions désespérément nos vêtements. Lorsque sa main se glissa dans mon caleçon et que sa paume s'enroula autour de ma bite, celle-ci palpita sous son contact.

Je laissai échapper un grognement rauque dans sa bouche, puis je levai la tête pour reprendre mon souffle. En cours de route, j'avais déboutonné sa chemise. Son soutien-gorge était ouvert et ses seins étaient libres. Je penchai la tête, pris d'un besoin de la goûter. Je refermai ma bouche sur un téton et savourai son cri aigu.

Je la retournai et lui dis :

— Viens ici.

Je baissai son jean au niveau de ses hanches. Elle enleva ses chaussures d'un coup de pied et se débarrassa de son jean.

— J'ai dit ici, lançai-je d'un ton bourru.

Mon jean traînait déjà autour de mes chevilles et ma queue se dressait fièrement. Elle me chevaucha sur les escaliers, ses yeux rencontrant les miens.

— Merde, j'allais oublier la capote, dis-je précipitamment.

— Je prends la pilule, chuchota-t-elle.

Nous nous regardâmes l'un l'autre en silence.

— T'es sûre ?

Elle hocha la tête.

— Ça fait des mois que je n'ai couché avec personne. Et j'utilise toujours des capotes. Je n'arrive pas à te sortir de ma tête, putain, expliquai-je.

— S'il te plaît, dit-elle.

— T'es sûre ? insistai-je.

En guise de réponse, elle se rapprocha et se frotta contre l'arrière de ma queue. Le doux bruit de ses plis glissants m'arracha un gémissement.

— Oh, ma chérie, murmurai-je, tellement absorbé que je ne pris même pas la peine de me reprocher mentalement l'emploi d'un terme aussi affectueux.

Elle se redressa et me regarda dans les yeux. Alors que ses paupières commençaient à se fermer, je murmurai :

— Regarde-moi.

Je ne savais pas pourquoi j'avais besoin de la voir, mais c'était plus fort que moi. J'alignai mon membre avec son entrée. Elle se redressa, ses tétons durcis frôlant mon torse. Elle s'abaissa lentement, m'entraînant dans l'étau glissant de son antre. Elle se mordit la lèvre, ses yeux s'assombrissant et sa bouche s'entrouvrant lorsqu'elle s'assit enfin.

Il me fallut un effort titanesque pour ne pas jouir instantanément. Nous nous regardâmes fixement et j'espérais que son regard stupéfait était aussi intense que celui que je ressentais. Cette sensation d'être enfoui profondément en elle alors que ses parois ondulaient autour de mon membre me donnait un avant-goût du paradis. J'étais précisément là où je devais être.

Elle s'immobilisa avant de se déhancher comme une folle. Le barrage de ma retenue céda. Ma paume remonta le long de sa colonne vertébrale pour ramener sa bouche contre la mienne alors que je commençais à donner des coups de reins. Tandis qu'elle montait et descendait, je m'adaptais à son rythme. Le bout de mes doigts s'enfonça dans sa peau douce et je la serrai contre moi.

Chaque coup de reins était plus vigoureux que le précédent, et je commençai à sentir ses parois frémir autour de moi. Sa tête retomba en arrière et elle poussa un cri aigu. Le son de sa voix appelant mon nom déclencha mon propre orgasme. Je jouis d'un seul coup tandis qu'elle tremblait contre moi. Nous nous regardâmes l'un l'autre, complètement choqués.

Chapitre Quatorze

HARLEY

Les battements de mon cœur ralentirent peu à peu, tandis que je tentais de reprendre mon souffle sous le regard de Grant. Des répliques de l'orgasme le plus intense que j'avais jamais connu secouaient encore mon corps. Ici, dans l'escalier. Avec Grant.

Et merde. C'était juste censé être du sexe. Mais alors que j'étais assise là, avec lui toujours enfoui au plus profond de moi, j'eus l'impression que c'était plus que ça. Comme si mon cœur penchait presque vers lui. Je sentis la légère traction d'un cordon invisible qui me reliait à lui et dont je ne soupçonnais même pas l'existence.

Je me réfugiai à l'intérieur, tentant de reprendre le contrôle de mes émotions. La seule maigre consolation était qu'il avait l'air aussi stupéfait que moi.

Nous parvînmes tant bien que mal à nous éloigner l'un de l'autre. Le plus gênant dans tout ça n'était pas le fait que j'étais gênée, mais bien le fait que je ne l'étais *pas*. Une fois ma chemise reboutonnée et mon jean enfilé, je jetai un coup d'œil à Grant, qui était en train de boutonner le sien.

Nos regards se croisèrent et un rictus familier étira les coins de ses lèvres. Je l'avais vu tellement de fois depuis environ un an que je séjournais ici.

Il amarra le dernier bouton, puis leva une main pour la poser doucement sur ma joue. Son pouce suivit le bord de ma mâchoire et mon pouls s'accéléra.

— Quoi ? demandai-je, à bout de souffle.

J'avais découvert que Grant avait la capacité unique de me couper le souffle.

Il se rapprocha encore, baissa la tête et m'embrassa longuement. Quand il se redressa, il demanda :

— Soirée pop-corn et télé ?

C'est ainsi que je me retrouvai à faire ce que nous faisions d'habitude, sauf que Cat n'était pas là. La seule chose qui manquait, c'étaient les chamailleries entre Grant et Cat à propos du choix de l'émission, que je soupçonnais d'être juste un jeu amusant pour eux. Tous deux étaient trop faciles à vivre pour s'en soucier vraiment.

La soirée prit une tournure normale. Je n'arrêtais pas de m'examiner intérieurement. J'étais bien dans ma peau, totalement détendue et comblée. C'étaient les effets classiques d'un orgasme époustouflant.

Les élans de panique que je ressentais parfois venaient uniquement du fait que je me sentais trop à l'aise avec lui. Ce n'était pas censé être aussi naturel. On aurait dû se sentir un peu mal à l'aise.

Presque comme si je voulais mettre les pieds dans le plat, au moment où une émission se termina et que Grant souleva la télécommande, je lâchai :

— On devrait établir des règles de base.

Sa main resta figée un instant avant qu'il ne pose la télécommande sur sa cuisse. Il se tourna vers moi. C'était ça, le problème avec Grant : quand il vous prêtait attention, il vous donnait l'impression d'être au centre de son univers. Mon estomac se noua et j'eus à nouveau des picotements, presque comme si les répliques de cet orgasme terrassant n'avaient pas encore cessé.

— Des règles de base ? demanda-t-il.

— Ouaip. Cat n'est pas là ce week-end. Mais, attention, scoop : ta petite sœur vit avec nous.

Grant gloussa et mon estomac se noua à nouveau.

— T'as raison, acquiesça-t-il en hochant vigoureusement la tête.

Un agacement familier me traversa et j'essayai de trouver quoi dire.

— Ça veut dire que c'était pas juste un coup d'un soir ? demanda-t-il.

Je me sentis soudain vulnérable, comme si j'avais trébuché et que j'étais tombée. Comme si j'étais en train de me promener et que je n'avais pas vu qu'il y avait une marche.

Il tendit la main et la posa à la base de mon cou, entre mes épaules. Je pouvais sentir la surface calleuse du bout de ses doigts alors qu'il serrait doucement.

—Je ne veux pas que ça reste un coup d'un soir.

Je retins à peine un soupir de soulagement avant de croiser son regard.

— Donc quand Cat est là, on ne peut rien faire dans les escaliers, ni dans la cuisine, ni dans le salon, ni dans n'importe quel espace commun.

— Ça marche, acquiesça Grant.

Le fait qu'il accepte sans discuter ne m'étonna même pas. Bon sang, il m'était même impossible de me disputer avec lui.

— Du coup, on fait comment concrètement ? demanda-t-il. Nos chambres à coucher sont voisines, mais pas la sienne.

— Seulement après qu'elle se soit couchée, répondis-je. En plus, elle s'absente généralement une ou deux nuits par semaine.

Cat profitait de sa liberté nouvellement acquise depuis sa majorité. Elle était responsable, mais elle dormait de temps en temps chez ses amies, et probablement chez un petit ami dont elle ne parlait à personne parce qu'elle avait deux frères qui risquaient de paniquer.

— Quand elle est ici, c'est seulement après qu'elle se soit couchée, et on *doit* être silencieux, poursuivis-je.

— Tu n'es pas très silencieuse, fit-il remarquer, ses lèvres se retroussant en un sourire narquois.

— Toi non plus, rétorquai-je.

Puis je gloussai. D'habitude, je ne gloussais *jamais*. Pourtant, avec Grant, cela semblait naturel.

Il me fit asseoir sur ses genoux et nous nous embrassâmes. L'émission de télévision fut vite oubliée. Grant dormit avec moi dans mon lit cette nuit-là. Je ne pouvais nier que j'en étais ravie. J'adorais son côté câlin, ce à quoi je ne m'attendais pas. Il me serra dans ses bras musclés. En me réveillant au milieu de la nuit, je le sentis déposer un baiser sur le côté de mon cou.

— Grant ? chuchotai-je dans l'obscurité.

— Je suis juste ici, ma chérie.

Et merde.

Au moment où il m'appela « chérie », je faillis m'évanouir de bonheur.

Me pâmer n'avait jamais été dans mes habitudes, pas plus que de glousser. D'ailleurs, mon ex Joe, celui qui m'avait trompée avec ma colocataire, m'avait dit qu'il était un peu fatigué du fait que je sois si indépendante. Il m'avait dit que quoi qu'il fasse, je n'étais jamais impressionnée. Je pensais qu'il voulait dire que je n'étais pas encline à m'extasier.

Je me retournai dans les bras de Grant et je le fis rouler sur le dos avant de le chevaucher. S'ensuivit un orgasme qui rivalisa sans problème avec celui que j'avais eu plus tôt dans les escaliers.

Grant avait un don pour me laisser prendre le contrôle et décider de la marche à suivre tout en étant secrètement aux commandes pendant tout ce temps. Il jouait de mon corps comme d'un instrument fait pour lui. Par ailleurs, je ne croyais pas à toutes ces histoires d'âmes sœurs.

Je m'efforçai donc de me convaincre qu'il ne s'agissait que de sexe. C'était juste mon colocataire et mon ami. J'avais de la chance d'avoir droit à des orgasmes de folie par-dessus le marché. Je n'avais pas besoin de m'inquiéter pour le reste.

Chapitre Quinze

GRANT

Heureusement pour moi, ma journée du lendemain était bien remplie malgré le fait que ce soit le week-end. Nous ne prenions pas un seul jour de congé pendant l'été. En tout cas, pas en ce qui concernait les vols. Nous avions reçu un appel de dernière minute pour assurer une excursion d'une nuit dans le parc national de Katmai.

Ma matinée avait débuté à sept heures et ne s'était achevée qu'après mon dernier vol. J'étais reconnaissant d'être occupé parce que j'avais besoin de me concentrer sur quelque chose. Même ainsi, j'étais à moitié dans la lune. Bon sang, Harley m'avait totalement subjugué la veille au soir.

Dire que nos ébats avaient été torrides relevait de l'euphémisme. J'aurais plutôt dit infernaux. J'étais dans la merde jusqu'au cou. Je savais que j'avais un problème sur les bras. Comme un imbécile, j'avais cru qu'il me suffirait de cesser de penser à elle pour que tout rentre dans l'ordre. Ça faisait déjà plus d'un an que je craquais pour elle. Je ne savais même pas comment j'allais pouvoir regarder son grand frère dans les yeux.

J'avais l'impression d'avoir enfreint quelques règles. Je savais aussi qu'il était hors de question que je renonce à Harley, pas encore. Je préférais encore faire face aux complications.

Je comptais respecter ses règles parce que je ne voulais pas non plus que ma petite sœur se mêle de mes affaires. Il se trouvait que je savais que Cat avait l'habitude de dormir avec des bouchons d'oreille. Et pour cause : notre père entrait et sortait régulièrement de nos vies, et lorsqu'il était là, il buvait et se disputait violemment avec notre mère. Nous avions tous fait face à la situation à notre manière. Nora avait donné à Cat une paire de bouchons d'oreille parce que cette dernière se réveillait la nuit et se glissait dans le lit de Nora lorsqu'elle était effrayée par les cris de notre père.

Je me secouai mentalement. Inutile de m'attarder sur des choses que je ne pourrais jamais changer.

J'avais hâte de voir Harley essayer de rester silencieuse.

———

Cat resta absente tout le week-end. Nous profitâmes au maximum de chaque minute. Malgré nos journées chargées, Harley et moi avions encore deux nuits complètes devant nous. Nous étions tous les deux épuisés lorsque le lundi matin arriva.

Le lundi soir, je rentrai à la maison du personnel un peu plus tard que d'habitude. Pour être honnête, je voulais surtout m'assurer que Cat et Harley étaient là. Je ne savais pas si j'allais pouvoir garder mes mains pour moi si une occasion se présentait.

Quand je franchis la porte, Cat et Harley étaient assises sur le canapé d'angle. Cat était d'un côté, et Harley était blottie dans un coin avec son ordinateur portable. La scène semblait normale. Je me convainquis que je pourrais résister sans passer la nuit dans un état de tension insupportable au niveau du bas-ventre.

— Salut, les filles, lançai-je.

Cat pencha la tête en arrière et la fit rouler sur le côté en souriant.

— Salut !

— T'as passé un bon week-end ? demandai-je en accrochant

ma veste au portemanteau et en balançant mes chaussures dans le bac à chaussures en désordre près de la porte.

— Oui, c'était sympa. J'ai bien mangé, j'ai passé du temps avec mon amie et j'ai fait quelques courses, répondit Cat.

— T'as trouvé des trucs sympas ?

Cat leva les yeux au ciel tandis que je m'installais sur le canapé en face d'elle. Cette position me rapprochait davantage de Harley, mais je me convainquis que cela n'avait rien à voir avec ma décision de m'asseoir ici. Je parlais à Cat, donc il était naturel que je m'asseye en face d'elle.

— Je n'ai pas fait du shopping pour moi. Je ne fais jamais d'achats pour moi-même. J'ai acheté des trucs pour l'auberge : de la nourriture, des fournitures pour la cuisine et une pièce détachée que je devais récupérer pour Flynn, expliqua Cat.

— C'est généralement ce que je fais à Anchorage. Et toi, comment s'est passée ta journée ? demandai-je en jetant un coup d'œil vers Harley.

Elle tapota un peu sur son clavier avant de lever les yeux. À la seconde où nos regards se croisèrent, j'aurais juré que des décharges électriques grésillaient dans l'air entre nous.

— Bien, répondit-elle.

Son ton était décontracté et détendu, mais je ne manquai pas de remarquer que ses joues avaient légèrement rosi. Elle poursuivit :

— J'ai bossé sur le site de l'auberge et j'ai fait quelques travaux de transcription.

— Tu fais toujours ça ? s'étonna Cat.

Harley haussa les épaules.

— De temps en temps. Je sais que ça peut paraître bizarre, mais en fait, je trouve ça relaxant.

— Vraiment ? lançai-je en même temps que Cat.

Harley nous sourit.

— Je doute que vous me compreniez, puisque vous avez grandi en Alaska et que vous êtes des adeptes du grand air. Ça me permet d'entrer dans une espèce de zone de confort. J'écoute simplement l'enregistrement et je tape tout. C'est étrangemtôt apaisant.

— C'est de la transcription médicale, c'est ça ? demanda Cat.

— Oui. Ce sont principalement des médecins qui veulent mettre leurs notes par écrit. Je ne le fais pas souvent. Sinon, je commence à avoir des crampes aux doigts.

— Mais à quelle vitesse tu tapes ? demandai-je.

— Je tape facilement plus de cent mots par minute.

Cat et moi restâmes bouche bée. Harley sourit.

— Je suis sûre que vous savez tous les deux chasser et piloter des avions, mais moi, je sais taper à l'ordinateur.

— Je ne pilote pas encore d'avions, corrigea Cat.

— Je sais, mais je suis certaine que si tu t'y mets, tu en es tout à fait capable.

— Tu pourrais aussi, insista Cat.

Harley haussa les épaules.

— Peut-être, mais je préfère rester simple passagère. Cette responsabilité me semble un peu stressante.

— Tu sais, toute activité comporte un certain risque, fis-je remarquer. Statistiquement, c'est moins risqué que de monter dans une voiture.

— Oui, mais ce n'est pas l'impression que ça donne, répondit Harley.

— Un point pour Harley, plaisanta Cat.

Je me forçai à détourner le regard. Cat me demanda ce que je voulais regarder et je haussai les épaules.

— Peu importe.

— Vraiment ? insista-t-elle.

— Vraiment.

Elle zappa sur la sitcom *Parks and Recreation*, l'une de ses valeurs sûres.

— Au fait, on l'organise quand, cette soirée cartes ? Bientôt, j'espère ? demanda-t-elle à Harley après s'être installée devant son émission.

Harley haussa les épaules.

— Quand tu veux.

— Comment ça va se passer, du coup ? Je suis censé rester ou pas ? demandai-je.

— On va faire ça entre filles au début, vu que vous avez fait des soirées cartes entre mecs pendant un bon moment, dit Cat d'un ton acerbe.

— Et si les mecs veulent aussi faire une soirée cartes ? répliquai-je.

— Comme t'es le seul mec à vivre ici maintenant, t'es en infériorité numérique, fit remarquer Cat.

Je levai les yeux au ciel.

— D'accord. On fera une soirée entre mecs à l'auberge.

— Ça me va, mais Daphné apportera la bouffe ici, riposta Cat.

— Tu sais très bien qu'elle nous en laissera.

Cat leva les yeux au ciel, puis hocha la tête.

— Bien sûr que oui. Elle est généreuse.

— Tu ferais la même chose à sa place, fit remarquer Harley.

— C'est pas faux, dit Cat en souriant.

— Parce que t'es aussi généreuse, compléta Harley.

Mis à part cette histoire de trique qui me perturbait, je passais une soirée sans histoire. J'étais presque sûr que Cat n'avait rien remarqué. Harley était montée se coucher avant nous, comme elle le faisait souvent. Ce n'était pas gravé dans le marbre, mais elle avait tendance à se coucher plus tôt. Cat était jeune, et une bonne nuit de sommeil était le cadet de ses soucis. La plupart du temps, elle passait ses soirées à pianoter sur son portable tout en regardant distraitement une émission de télévision pendant des heures.

J'allai chercher un verre d'eau dans la cuisine. Quand je retournai dans le salon, Cat me dit :

— Ça se voit que t'as un faible pour elle.

— Euh, pardon ?

Je m'assis à nouveau en face d'elle.

— T'en pinces pour Harley. Ce n'est pas un secret, tu sais.

— Cat… commençai-je, les dents serrées, sur un ton légère-ment menaçant.

— Quoi ? dit-elle en haussant les sourcils.

— Je n'en pince *pas* pour Harley.

Elle soupira bruyamment.

— Bien sûr que si. C'était pareil à l'époque où Flynn s'intéres-sait à Daphné.

— Ce n'est *pas* la même chose, martelai-je.

J'étais réellement persuadé que ce n'était pas la même chose. Flynn était tombé sous le charme de Daphné depuis le jour où elle était arrivée ici. Il lui avait juste fallu un certain temps pour s'en rendre compte.

Cat haussa les épaules.

— Si tu le dis. Mais je crois qu'elle t'aime bien aussi.

Malheureusement, je ne me retins pas de parler à temps :

— Quoi ?

Cat éclata de rire.

— Tu vois, tu veux savoir, hein ?

— Si tu le dis, lâchai-je avec un soupir résigné.

— Vous vous plaisez tous les deux, mais vous êtes entrés dans ce manège.

— Quel manège ?

— Vous essayez de la jouer cool. Même si elle est bien plus douée que toi pour ça.

Je savais que Cat n'avait pas tort. J'ignorais totalement que Harley avait fait mine de ne pas s'intéresser à moi pendant tout ce temps. Je n'avais pas l'intention de lui poser d'autres ques-tions. Je répondis simplement :

— Je ne sais pas pour moi, mais t'as raison pour Harley. Elle essaie toujours de la jouer cool. Tu sais quoi ? Si elle sait jouer au poker, ne joue pas avec elle.

Cat me regarda.

— Qu'est-ce que tu veux dire par là ?

— Les gens qui cachent aussi bien leur jeu qu'elle sont sûrement doués pour ne rien laisser paraître quand ils ont une bonne main. Il faut se méfier.

— Je ne pense pas être bonne au poker, annonça-t-elle.

— Tu veux qu'on s'entraîne ?

Cat acquiesça, alors j'allai chercher un jeu de cartes dans le tiroir près du canapé, et nous commençâmes à jouer.

Après quelques mains, elle demanda :

— Maman te manque ?

Je levai rapidement les yeux.

— Bien sûr que oui.

De nous tous, c'était Cat qui parlait le moins souvent de notre mère. Mais j'étais presque certain qu'elle lui manquait plus qu'à nous tous. Perdre quelqu'un qu'on aime était, à mes yeux, une expérience somme toute relative. La façon dont je l'avais vécu n'était peut-être pas la même que la sienne ou celle de n'importe qui d'autre. Cat était la plus jeune et c'est elle qui avait le plus souffert à cause de notre père. Flynn n'avait pas le même père que nous, mais le sien avait simplement pris la tangente. Il avait mis notre mère enceinte, et c'était tout. Il ne lui avait plus jamais donné de ses nouvelles. Je ne savais pas ce qui était le pire.

Plus tard, quand la santé de notre père s'était dégradée et qu'il avait eu besoin de notre mère, il était resté dans les parages plus longtemps. Ce qui avait entraîné plus de disputes et de consommation d'alcool. Nora et moi étions déjà un peu plus âgés à l'époque. Je ne dis pas que ça avait été facile, mais nous arrivions à le supporter. Mais il faisait peur à Cat, et nous le savions tous.

— Maman me manquera toujours, ajoutai-je.

Quand elle leva rapidement les yeux, je les vis briller de larmes.

— Ça va ?

Ses lèvres se tordirent. Lorsqu'elle prit la parole, sa voix était un peu enrouée.

— J'ai pensé à elle ces derniers temps. J'ai dix-huit ans maintenant, et elle n'est pas là.

Elle fit pivoter son bras en arc de cercle avant de poursuivre :

— Elle n'a jamais pu voir tout ce que vous avez construit. Elle n'a pas pu voir tout ce que Flynn et toi avez accompli.

Une larme coula sur sa joue et elle l'essuya rapidement. Cat n'aimait pas qu'on la prenne dans les bras quand elle pleurait, alors j'attendis.

— Et, maintenant, je suis déjà adulte. Elle ne peut même pas goûter mes plats.

— Non, c'est vrai, dis-je, la gorge serrée.

— J'aurais aimé que tu sois là.

— Qu'est-ce que tu veux dire ? demandai-je.

— Je comprends pourquoi t'es allé à la fac, mais tu m'as manqué. J'ai eu tellement peur le soir où elle s'est évanouie.

J'inspirai un grand coup. Je savais que Cat ne cherchait pas à me culpabiliser, mais je me sentais quand même mal.

— Je sais. J'aurais aussi voulu être là.

— Ça n'aurait rien changé, dit doucement ma petite sœur.

J'acquiesçai d'un signe de tête. Je me remémorai ce que le médecin des urgences nous avait dit le lendemain. Il avait dit qu'on n'aurait rien pu faire pour elle. Elle souffrait de cardiomyopathie hypertrophique, une maladie qui provoque l'épaississement des muscles cardiaques et qui peut parfois perturber le système électrique du cœur et entraîner une mort subite. Même si j'avais cru le médecin sur le plan intellectuel, j'entretenais encore des doutes au fond de moi.

— Je sais, lâchai-je, la voix légèrement éraillée.

— Nora et moi n'allions pas très bien.

— Nora avait seize ans. Elle en voulait à la terre entière, dis-je.

Cat gloussa un peu et essuya une autre larme.

— Merci, dit-elle à voix basse.

— Pour quoi ?

— Pour avoir toujours été là.

— Je n'étais pas là, ce soir-là, fis-je remarquer.

— Non, mais t'as fait toute la route de nuit depuis Anchorage pour nous rejoindre à l'hôpital. Et t'as convaincu le tribunal de te laisser devenir notre tuteur jusqu'à ce que Flynn puisse revenir.

Flynn avait mis des semaines à revenir. À l'époque, il était en service actif à l'autre bout du monde avec l'armée de l'air. En tant que jeune universitaire, le juge avait eu des doutes à mon sujet. Comme j'avais grandi dans la région, plusieurs personnes m'avaient soutenu, notamment une amie de notre mère qui avait promis de prendre régulièrement de nos nouvelles. Les juges m'avaient autorisé à assumer le rôle de tuteur temporaire jusqu'au retour de Flynn. Ensuite, j'étais resté à la maison. J'avais fini par décrocher mon diplôme universitaire, mais en suivant la plupart des cours en ligne et de façon irrégulière. Je n'avais pas pu me résoudre à partir après cela, et je n'en avais même pas eu envie.

— Et si l'un de nous avait la même maladie ? demanda Cat.

— Aucun risque. On a tous été contrôlés depuis, fis-je remarquer.

Elle inspira un grand coup.

— Je sais, mais je m'inquiète.

Après un court silence, elle ajouta, comme pour elle-même :

— Bref, assez parlé de ça.

C'était Cat toute crachée. Elle n'aimait pas qu'on la prenne dans les bras quand elle pleurait, et quand elle en avait fini avec un sujet pesant, elle voulait juste passer à autre chose. Nous reprîmes notre partie de cartes.

Plus tard, après m'être couché et sachant que Cat était dans sa chambre, je frappai doucement sur le mur qui séparait ma chambre de celle de Harley. Un instant plus tard, ma porte s'ouvrit et Harley entra sur la pointe des pieds.

Chapitre Seize

HARLEY

— Tiens, dit Gemma en me tendant un verre d'eau.

Assise dans sa cuisine, perchée sur un tabouret au comptoir, les pieds accrochés aux barreaux, je bus une gorgée après avoir murmuré un « merci » et jetai un coup d'œil par les fenêtres.

Gemma avait acheté cette maison avec Diego et ils avaient hérité des chevaux présents sur place. J'observai l'un d'eux brouter près de la clôture. La maison, perchée sur une colline, offrait une vue dégagée sur la baie de Kachemak à travers les arbres. Le soleil miroitait à la surface de l'eau et le vent créait de petites étincelles lumineuses.

Je me retournai vers Gemma, occupée à remuer de la viande dans une casserole. Elle préparait des tacos. Elle m'avait invitée à dîner avec elle et Diego, ce qu'elle faisait assez souvent.

Elle me jeta un coup d'œil et me fit un petit sourire.

— Quoi ? demandai-je.

— Je me dis juste que je suis contente que tu sois la personne que tu es, répondit-elle.

— Pareil.

J'adorais Gemma, et elle était la partenaire idéale pour mon frère.

Elle baissa le feu, posa un couvercle sur la casserole, puis se retourna vers moi. Elle passa une main dans ses cheveux bouclés, blonds comme du miel, et ses yeux pétillèrent lorsqu'elle me sourit.

Au bout d'une seconde, son regard se fit plus sérieux.

— Je t'ai invitée plus tôt parce que Diego est inquiet.

— Inquiet ? répétai-je, pas vraiment surprise.

— Oui, répondit-elle en soupirant.

Même si elle ne l'avait pas dit explicitement, je savais qu'elle faisait référence à son inquiétude au sujet de ma santé.

— Ce n'est rien de grave. J'ai juste un petit problème au cœur.

Gemma fronça les sourcils, son regard inquiet parcourant mon visage.

— Un problème au cœur ? Tu es trop jeune pour ça.

Je haussai les épaules, ignorant le nœud qui s'était formé dans mon estomac.

— Apparemment, c'est héréditaire.

— Mais c'est quoi, au juste ?

— Parfois, mon cœur bat trop vite ou saute un battement. Ça s'appelle la tachycardie supraventriculaire, ou TSV.

Gemma hocha lentement la tête.

— D'accord, et concrètement, ça veut dire quoi ?

— Eh bien, quand ça m'arrive, si je me lève trop vite ou quelque chose comme ça, je risque de m'évanouir. C'est ce que Grant a vu. Mais ce n'est pas si grave, insistai-je. Je ne m'évanouis pas si souvent que ça.

— Ça t'arrive à quelle fréquence ? demanda Gemma.

Elle s'éloigna du comptoir pour venir s'asseoir face à moi à l'îlot de cuisine.

Elle semblait bien trop inquiète à mon goût.

— Je te jure, ce n'est pas si grave. Ça ne t'est jamais arrivé de tomber dans les pommes ?

— Si. J'ai attrapé une insolation un jour d'été.

— Oh, vraiment ?

— On était allés à la plage sur la côte est. Je n'étais pas habituée à l'humidité.

— Tu vois, ça peut arriver à tout le monde de s'évanouir, dis-je en m'efforçant de garder un ton nonchalant.

Elle pencha la tête sur le côté.

— Tu sais quoi, on va faire un test.

— Quoi ?

— Un test. Diego va arriver, et tu aurais bien besoin d'un peu d'entraînement.

Elle jeta un coup d'œil à sa montre avant de poursuivre :

— Il sera là dans un quart d'heure. Il va te poser les mêmes questions que moi. Je sais que tu ne veux pas qu'il s'inquiète, mais ce serait mieux si tu étais honnête. On peut peut-être t'aider ?

— Je n'ai *pas* besoin d'aide, insistai-je.

Gemma leva les mains, puis les laissa mollement tomber sur le comptoir.

— Je n'ai pas dit que tu en avais besoin, mais Diego veut t'aider.

— Il ne peut rien faire à ce sujet.

Je bus une autre gorgée d'eau tout en enjoignant mon estomac de me laisser tranquille.

— Alors, c'est tout ?

— Oui, mentis-je.

Je n'avais pas l'intention de lui dire que Quinn m'avait recommandé de prendre des médicaments. Je ne voulais pas prendre de médicaments. Je voulais simplement me débrouiller sans. Non pas que j'étais contre la médecine en général, mais je n'en voulais pas pour moi.

Gemma m'observa sans mot dire.

— Qu'est-ce que Quinn en pense ?

— Il m'a prescrit des médicaments et je vais bientôt commencer à les prendre, mentis-je à nouveau.

Juste à ce moment-là, nous entendîmes la porte d'entrée s'ouvrir. Gemma me jeta un coup d'œil, un léger sourire aux lèvres.

— Merci pour l'entraînement, plaisantai-je.

— Il est en avance.

— Tu savais qu'il le serait. Il est prêt à me cuisiner.

Elle pouffa de rire.

Diego apparut un instant plus tard et jeta son sac à dos dans un meuble.

— Salut ! lança-t-il après avoir enlevé sa veste et ses chaussures.

Gemma descendit de son tabouret et s'approcha de lui.

— Salut, toi. Le dîner devrait bientôt être prêt.

Pendant un instant, j'aurais tout aussi bien pu être invisible. Diego baissa la tête et l'embrassa longuement. Je détournai le regard, assaillie par un pincement au cœur. Leur intimité était si évidente qu'elle était presque palpable.

Une image de Grant se matérialisa dans mon esprit, mais je l'effaçai aussitôt. Je n'avais *aucun* intérêt à ressasser nos nuits torrides en plein dîner avec mon frère.

Un moment plus tard, Gemma retourna devant la cuisinière pour vérifier la viande. Diego ouvrit le réfrigérateur et alla chercher une bouteille de bière. Il se tourna vers moi, la décapsula et jeta la capsule dans la corbeille à papier.

— Salut, comment s'est passée ta journée ? demandai-je.

Après avoir bu une gorgée de bière, il marcha vers moi et prit place sur le tabouret que Gemma venait de libérer.

— Plutôt bien. J'étais assez occupé.

— T'es toujours occupé.

— Je pourrais dire la même chose de toi, rétorqua-t-il.

— J'aime bien rester occupée, dis-je en haussant les épaules.

— Moi aussi, plaisanta-t-il après avoir avalé une nouvelle gorgée de bière.

— T'as besoin d'aide ? lançai-je à l'intention de Gemma.

Elle me jeta un coup d'œil et secoua la tête.

— Non. Tout est déjà préparé.

Mon regard balaya le comptoir : elle avait dressé de petits bols contenant différentes garnitures pour tacos.

— Je mets les galettes au four en ce moment même.

— Je meurs de faim, annonça Diego en reposant sa bouteille de bière sur le comptoir.

— T'as de la chance. Gemma te prépare le dîner, le taquinai-je.

— Il cuisine autant que moi, le défendit Gemma.

— Je sais. C'est un mec bien.

En jetant un coup d'œil à Diego, je remarquai une concentration familière dans son regard.

— Quoi ? demandai-je instinctivement.

— Alors comme ça, ça t'arrive de t'évanouir maintenant ?

Je poussai un soupir.

— Terese ne t'a rien dit ?

— Si, elle m'a dit que c'était un problème de cœur qu'avait notre tante et qu'il ne fallait pas trop s'inquiéter.

— Alors, pourquoi tu t'inquiètes ? T'as déjà l'info qu'il te faut, rétorquai-je.

Diego plissa les yeux.

— Harley... commença-t-il.

— Ce n'est pas parce que je suis ta petite sœur que je suis obligée de te faire un compte-rendu détaillé.

— Tu l'as dit à Gemma ?

— D'accord. Mon problème, c'est que mon rythme cardiaque est parfois irrégulier ou saute un battement. C'est tout.

— Qu'est-ce que ça veut dire ? Grant m'a dit que tu t'étais évanouie.

— Oui, c'est vrai. Je pense que ça m'est arrivé l'autre soir parce que je n'avais rien mangé. Entre ça et mon problème au cœur, je me suis évanouie.

— Combien de fois tu t'es déjà évanouie ?

— C'est pas vrai, grommelai-je. Pas tant que ça. Si peu que je n'ai même pas pris la peine de compter.

Je mentais. Je savais très bien que je m'étais évanouie six fois au total, mais je ne comptais pas donner plus de détails à mon frère surprotecteur.

— Qu'est-ce que Quinn a dit ?

— J'ai rendez-vous avec lui la semaine prochaine pour qu'il me recommande des médicaments.

— Je peux lui parler ?

— Non, Diego, t'as pas besoin de lui parler.

Je ne voulais *vraiment* pas qu'il parle à mon médecin. Ça me paraissait bizarre.

Gemma mit fin à son interrogatoire.

— On peut passer à table, dit-elle en posant devant nous un bol rempli de viande à tacos.

Elle se retourna ensuite pour sortir les galettes du four.

— Est-ce qu'elles vont être croustillantes ? demandai-je.

Elle secoua la tête tout en les posant sur une assiette avec une spatule.

Diego n'avait manifestement pas compris le message.

— C'est juste ton médecin traitant, pas ton gynéco.

Je levai les yeux au ciel.

— Diego, si jamais ça s'avère nécessaire, tu pourras parler à mon médecin. Mais là, c'est pas urgent.

Il leva sa bière et avala une gorgée avant de répondre :

— Promets-moi de me tenir au courant.

— Bien sûr.

J'avais bien l'intention de le tenir au courant... mais pas de lui dévoiler tous les détails.

Chapitre Dix-Sept

HARLEY

Une semaine entière s'était écoulée depuis ma première nuit avec Grant. Depuis, nous avions passé quelques heures volées ensemble tous les soirs. Nous nous y adonnions surtout dans ma chambre parce qu'elle était un peu plus éloignée de celle de Cat, qui se trouvait directement en face de la chambre de Grant. Grant passait quelques heures avec moi avant de se lever tôt et de retourner discrètement dans sa chambre. J'avais même remarqué qu'il prenait le soin de laisser son lit défait afin que Cat ne se doute de rien.

Cela ne faisait qu'accentuer le côté interdit de la chose. J'adorais secrètement ça. Je commençais à ressentir un véritable besoin de ces moments d'intimité avec lui. Et pourtant, tout cela ne fit rien pour m'aider à atteindre mon objectif initial, qui était de le chasser de mes pensées.

Je n'arrêtais pas de me dire que je n'allais jamais éprouver de sentiments pour lui. Je ne pus m'empêcher de ressentir un frisson brûlant d'anticipation quand j'ouvris la porte ce vendredi-là et que je le trouvai seul sur le canapé.

— Où est Cat ? demandai-je.

Il jeta un coup d'œil dans ma direction et la chaleur accumulée dans son regard fit faire un saut périlleux à mon estomac.

— Elle dort chez une amie en ville ce soir.

— Oh.

Je sentis son regard de braise me transpercer alors que j'accrochais ma veste et que j'enlevais mes chaussures. Mon sac à main tomba sur le sol avec un bruit sourd.

Chaque nuit avec lui avait été torride, et maintenant, on n'avait plus besoin de se taire. Toute cette tension refoulée était comme un moteur qui tournait trop fort et trop vite dans mon corps.

Dès que je commençai à traverser la pièce, il se leva du canapé. En deux enjambées, nous nous étions rejoints. Sa main s'égara dans mes cheveux avant que ses lèvres ne trouvent les miennes avec une ardeur pressante. Notre baiser se chargea d'une intensité presque palpable, comme si l'air en devenait électrique. Le désir nous submergea et nous arrachâmes nos vêtements comme des fous furieux.

— Putain, Harley, grogna-t-il.

Je déboutonnai son jean et fis rapidement glisser ma paume vers le bas. J'avais tellement hâte de le toucher. Ma main se referma autour de sa longueur chaude et douce comme du velours, et je décalai mes cuisses, déjà humides et en manque de lui.

— T'es impatient, hein ? murmurai-je en déposant des baisers sur son torse nu.

Son rire guttural envoya des picotements semblables à des gerbes d'étincelles sur ma peau. Je fus prise d'une envie irrésistible de le goûter. Impatiemment, je descendis brusquement son jean et son caleçon en même temps, et sa bite se dressa fièrement.

Je me penchai et fis tourner ma langue autour de son gland, savourant le goût salé du liquide qui s'en échappait. Ses doigts s'enfoncèrent dans mes cheveux, et la douleur au niveau de mon cuir chevelu se mêla au reste des sensations qui se bousculaient dans mon corps.

— Putain, ma chérie. Pas encore, grogna-t-il.

Ma bouche se referma autour de son membre avant de l'engloutir. Son poing se referma davantage sur mes cheveux tandis que j'enroulais ma paume autour de sa longueur humide avant de la faire glisser de haut en bas. Je l'allumai avec ma bouche et ma langue, en le suçant à nouveau à fond.

— Harley...

Il laissa échapper un gémissement juste avant que son sperme ne gicle dans ma bouche.

— J'étais impatiente, me justifiai-je avant de me lever et de passer ma langue sur ma lèvre inférieure.

Les yeux de Grant s'assombrirent.

— À ton tour, murmura-t-il tout bas.

Il me retourna. Il m'avait déjà délestée de ma chemise et il faisait délicatement glisser ses jointures le long de la dentelle de mon soutien-gorge. Mes tétons durcirent aussitôt d'impatience. Un instant plus tard, l'air frais les frappa lorsqu'il défit le fermoir et ôta mon soutien-gorge de mes épaules.

— Mmm, par où commencer ? poursuivit-il.

Ses doigts glissèrent sur le côté de mon cou, laissant une traînée de chair de poule dans leur sillage.

Sa caresse était aussi légère que l'air, plus douce qu'un murmure, mais j'avais l'impression que des flammes léchaient ma peau. Sa main brûlante se déplaça vers le bas, taquinant un téton puis l'autre pendant qu'il m'observait. Mes parois internes se contractèrent.

— Grant... dis-je d'une voix suppliante.

— Oh, non, ma chérie. T'as bien mérité que je prenne mon temps. Je dois me préparer pour le deuxième round.

Ma bouche s'entrouvrit et je haletai lorsqu'il pinça légèrement l'un de mes tétons. Sa bouche prit le relais, se refermant autour de mon téton avant de le sucer brusquement. Je poussai un cri. Même son rire discret contre ma peau éveillait des sensations nouvelles et puissantes.

Il taquina mes seins, et mes pensées se brouillèrent alors qu'un désir féroce me traversa. Il n'avait même pas encore déboutonné mon jean. Je commençai à m'impatienter et je tendis la main entre nous, mais il repoussa mes mains.

— C'est pour moi.

Je connaissais la tendance exaspérante de Grant à faire traîner les choses en longueur. Je savais ce qui m'attendait à la fin de cette torture : un orgasme explosif qui allait se répercuter dans mon corps tout entier.

Je hochai donc docilement la tête. Lorsqu'il termina enfin de déboutonner mon jean et le descendit au niveau de mes hanches, ma culotte était déjà trempée. Il l'écarta sur le côté et enfonça ses doigts dans mes plis en murmurant :

— Rien que pour moi.

Je me mordis la lèvre pour essayer de m'empêcher de crier. Un instant plus tard, il m'allongea sur le canapé et écarta mes genoux. Je sentis l'irritation subtile de sa barbe de trois jours lorsqu'il déposa des baisers brûlants sur l'intérieur de chaque cuisse. Enfin, après une *trop longue* attente, il approcha sa bouche de mon sexe.

Mes hanches se rapprochèrent instantanément de lui. Il me connaissait déjà bien. Il savait exactement ce qu'il fallait faire pour m'amener au bord du gouffre. Il me doigta lentement mais sûrement pendant que sa langue m'allumait jusqu'à ce que je sois à un cheveu de perdre la raison. Un éclair de plaisir traversa finalement mon corps de part en part. Mon esprit se vida alors que je criais et l'orgasme déferla sur moi par vagues successives, le plaisir me traversant avec tant de force que mon corps sembla se liquéfier.

Lorsqu'il se leva, j'ouvris péniblement les yeux et je m'appuyai sur mes coudes pour le voir dégager son jean de ses chevilles. Son excitation était bien en évidence. Il se retourna, s'assit sur le canapé et murmura :

— Viens ici. Je sais que t'aimes bien être au-dessus.

C'était effectivement le cas. Cela dit, je prenais mon pied peu importe la position, tant que c'était avec Grant. Mais là, c'était tout simplement parfait. Malgré l'ivresse du moment, je trouvai la force de me rapprocher de lui avec impatience pour me mettre à califourchon sur lui. Après avoir soufflé un coup, il me remplit. Il contrôla ma descente, et la délicieuse sensation de son membre étirant mes parois m'arracha un profond gémissement.

Mon front retomba contre le sien et il m'embrassa avec une lenteur exquise, ses lèvres effleurant les miennes comme une promesse. Il saisit mes hanches et entama un mouvement de va-et-vient, me remplissant complètement. La pression à l'endroit où nos corps étaient unis engendra un plaisir si intense que je dus me mordre la lèvre pour m'empêcher de jouir à nouveau.

— Chérie, tu n'as pas besoin de te retenir. J'y suis presque aussi, murmura Grant contre mes lèvres.

Après un dernier coup de reins, la pression glissante sur mon clitoris m'envoya valser dans une euphorie brute en poussant un cri. À mon plus grand bonheur, il prononça mon nom juste après avoir poussé un cri rauque. La chaleur de sa semence se déversa en moi, me comblant d'une plénitude que je n'aurais su expliquer.

Je me blottis contre lui et il me serra simplement dans ses bras sur le canapé. Je pouvais sentir son cœur battre contre le mien. Nos respirations ralentirent à l'unisson. Ses doigts se perdirent dans mes cheveux, déclenchant en moi une vague de contentement qui me fit presque ronronner. C'était là que commençait mon inquiétude.

Oh, le sexe était fabuleux, et c'était un euphémisme. Mais je n'étais pas censée me sentir aussi bien dans ses bras. J'avais l'impression d'être à ma place, tout simplement.

En tant que benjamine de ma fratrie, je m'étais toujours battue pour prouver que personne n'avait besoin de s'inquiéter pour moi. J'avais bataillé pour être indépendante, pour être forte. Par conséquent, je détestais me sentir vulnérable. Pourtant, avec Grant, ça ne me dérangeait pas.

Ça me faisait peur parce que mon réflexe naturel consistant à lutter contre ce sentiment quand nous étions ensemble comme ça fondait comme neige au soleil.

— Tu penses qu'on a été trop bruyants ? demanda-t-il.

Je gloussai contre son cou, où ma tête était blottie. Je levai la tête et croisai son regard.

— Aucune importance. Cat n'est pas là. Elle s'absente tout le week-end ? demandai-je sans même prendre la peine de cacher l'espoir qui transparaissait dans ma voix.

— Je ne sais pas. Ce soir, c'est sûr à cent pour cent. Nora l'a déjà déposée.

— Ah, alors on devrait étrenner toutes les pièces de la maison pendant qu'on a le temps.

Grant gloussa.

— On a déjà fait la cuisine, donc il nous reste le salon, l'escalier, ta chambre et la mienne. La chambre de ma sœur est taboue. La salle de bain, par contre...

Il arqua les sourcils de manière suggestive, ce qui m'arracha un autre gloussement. Une toute petite voix, comme celle qu'on entend de très loin, tenta d'alerter mon esprit, m'enjoignant de commencer à m'inquiéter. Ce moment aurait dû être gênant, mais il ne l'était pas. Je décidai d'ignorer cet avertissement.

Chapitre Dix-Huit

GRANT

Cat sortit à nouveau le lendemain soir. Nous avions déjà baptisé la salle de bain, pour ainsi dire. J'avais baisé Harley longuement et lentement contre le mur carrelé. Deux fois. Elle m'avait aussi offert une fellation matinale sous la douche.

Notre relation devenait risquée, je le savais pertinemment. Mais c'était tout simplement trop bon. Je ne pouvais pas *ne pas* céder à mon désir pour elle. J'adorais son changement de comportement lorsque nous étions nus. Quand elle était habillée, ses murs étaient érigés, mais une fois nue, elle baissait sa garde. Chaque seconde avec elle était une pure addiction.

Cela me donnait l'impression qu'il y avait peut-être quelque chose à explorer entre nous. Pourtant, mon esprit cynique murmurait sans relâche : *C'est quoi ce bordel, mec ?*

— Mec, t'es vraiment dans la lune. À quoi tu penses ? me dit Flynn quelques jours plus tard, assis sur un tabouret à côté de moi au comptoir de la cuisine de l'auberge.

— À rien, mentis-je.

Dire à Flynn ce à quoi je pensais était assurément une mauvaise idée. Flynn était mon frère, et aussi mon ami. Et Diego faisait partie de son cercle rapproché, tout comme tous les mecs avec qui il bossait ici. Si Flynn apprenait ce que je faisais avec la petite sœur de Diego, et que ce dernier le découvrait, j'étais foutu.

— C'est rien, j'ai juste du mal à me concentrer en ce moment, ajoutai-je.

Flynn me connaissait trop bien pour ne pas sentir que je cachais quelque chose. Mais il choisit de laisser couler et haussa simplement les épaules. Daphné sortit une plaque de cuisson du four et fit glisser quelques roulés sur une assiette.

— Servez-vous, les gars.

— Oh, c'est quoi ? demandai-je.

— Devine, dit-elle d'un ton taquin.

— On ne va pas se brûler la langue si on y goûte maintenant ?

— Bien sûr que si, dit Flynn. J'ai retenu la leçon. On doit attendre quelques minutes.

— T'as une idée de ce que c'est ?

Il secoua la tête.

— On parie sur celui qui devine ?

— OK, cinq dollars pour celui qui a bon, accepta-t-il.

Quelques minutes plus tard, Flynn et moi mordîmes tous les deux dans un roulé. Je fus le premier à parler :

— Oignons, épinards, et je crois que c'est de la mozzarella.

Flynn mâcha bien avant d'avaler.

— Je dirais plutôt oignons, épinards et munster.

Daphné nous regarda l'un après l'autre, les yeux pétillants de malice.

— Grant a raison.

— À propos de quoi ? lança Diego en entrant dans la cuisine par la porte arrière, n'ayant capté que le dernier commentaire.

— Grant a deviné la garniture, répondit Flynn. J'ai pas de liquide sur moi, mais je te promets de te filer l'argent plus tard.

— Tu vas oublier, déclarai-je avec un petit rire sceptique.

— Aucune chance, insista Flynn.

— Moi aussi, je parie que tu vas oublier, dit Diego en prenant place sur le tabouret à côté de moi.

— Hé, je ne suis pas tête en l'air à ce point, protesta Flynn.

— Si, répliquâmes Diego et moi en chœur.

Flynn avait l'air vexé.

— OK, je vais au distributeur maintenant.

Daphné sourit lorsqu'il se leva et se dirigea rapidement vers la porte de derrière.

— Je peux en avoir un ? demanda Diego.

— T'as pas besoin de demander, dit Daphné en lui tendant une petite assiette.

Diego prit l'un des roulés qui se trouvaient sur le plateau de service devant nous.

— Comment ça va ? demanda-t-il.

— Plutôt bien. Qu'est-ce que tu fais ici ce soir ? répondis-je.

— Le cours de yoga est ce soir, mec.

— Oh, c'est vrai. J'avais oublié.

— T'as pas intérêt à oublier. Tu sais que Gemma le prend très à cœur, dit-il sombrement.

— N'importe quoi, rétorqua Daphné. Ceci dit, je m'attends à ce que tout le monde soit là. J'adore les cours de yoga avec Gemma.

J'effectuai un léger mouvement d'épaules.

— Je me sens toujours un peu raide ici.

Je tendis la main et tapotai la zone sous mon cou, juste entre mes omoplates.

— Si tu fais assez de yoga, tu pourras toucher cette zone sans te contorsionner, ironisa Diego.

Daphné alla chercher quelque chose dans le garde-manger, puis elle revint et s'affaira devant la cuisinière.

— Où est Cat ? demandai-je.

— Elle va faire un essai avec le théâtre de la ville, répondit Daphné.

— Oh, vraiment ?

— Oui. Elle m'a dit qu'elle passera probablement la nuit chez son amie parce que les essais se déroulent tard.

— Oh, waouh. Je pense qu'elle va adorer. Mais comment tu vas faire si elle décroche un rôle ? demandai-je.

— Elle a dit que les répétitions auraient seulement lieu en semaine, jusqu'à la représentation, qui est prévue sur trois week-ends. On survivra sans elle.

Bien entendu, mon cerveau réalisa immédiatement que si cela venait à se concrétiser, j'aurais plus de liberté avec Harley les soirs où Cat n'était pas à la maison. Je chassai rapidement ces pensées de mon esprit. Je n'avais *pas* besoin de fantasmer sur Harley alors que son grand frère était assis à côté de moi.

— Au fait, merci de m'avoir raconté ce qui s'est passé avec Harley. Elle m'en a parlé l'autre soir, lança-t-il.

— Ah oui ?

— Oui. On dirait que tout va s'arranger. Elle est allée voir le médecin. Elle a dit que Quinn lui prescrirait des médicaments et que c'était assez bénin, expliqua Diego.

— Oh, tant mieux, répondis-je, moi-même soulagé.

C'est quoi ton problème, mec ?

En l'état actuel des choses, je ne voulais pas m'inquiéter pour elle. Garder notre secret était déjà assez pénible.

— Harley a un souci ? demanda Daphné.

— Un petit problème cardiaque. Apparemment, elle a parfois un rythme cardiaque irrégulier, répondit Diego.

— C'est grave ? insista Daphné.

— Elle m'a dit que non. Il me semble qu'une de nos tantes a le même problème. Je le sais uniquement parce que Grant m'a fait savoir qu'elle s'était évanouie. D'ailleurs, elle m'en veut encore un peu, dit Diego.

— Les gens n'aiment pas parler de leurs problèmes de santé, et Harley déteste qu'on s'inquiète pour elle, déclara Daphné.

— C'est vrai, ne lui dis surtout pas que j'en ai parlé, dit Diego en secouant la tête.

À ce moment-là, Harley entra dans la cuisine et jeta un coup d'œil autour d'elle.

— Vous parlez de moi ?

— Oh, merde, marmonna Diego.

Daphné lui adressa un sourire chaleureux.

— Ne t'inquiète pas. Il a juste remercié Grant de l'avoir prévenu que tu t'étais évanouie.

Harley plissa les yeux.

— Pas de problème. Ce n'est plus un secret grâce à Grant, et à toi maintenant, dit-elle sèchement.

— Hé, qu'est-ce que j'ai fait ? répliqua Diego.

— Je sais très bien que Grant ne remettrait pas le sujet sur la table, rétorqua-t-elle.

J'étais véritablement soulagé qu'elle dise cela.

— Je te jure que je n'en ai pas reparlé, dis-je en levant les mains en l'air.

Les joues de Harley étaient rouges lorsqu'elle s'assit en diagonale de moi. Je tentai d'ignorer mon trouble. Penser que notre désir mutuel finirait par s'éteindre avait vraiment été la connerie du siècle. Au contraire, notre alchimie tournait en boucle, plus intense de jour en jour.

— La plupart des gens ont des problèmes de santé, déclara Daphné.

— C'est quoi le tien, alors ? répliqua Harley.

Elle soupira lorsque Daphné haussa les épaules.

— Merci d'essayer de me remonter le moral, ajouta-t-elle.

Diego jeta un coup d'œil à sa sœur, les sourcils froncés.

— Je suis désolé, je n'aurais pas dû en parler.

— Pas la peine de t'excuser. Tout le monde est au courant maintenant : Gemma, Daphné, Grant et toi. Ce n'est pas grave. On peut changer de sujet, s'il te plaît ?

— Bien sûr, prends un roulé, dit Diego en rapprochant vers elle l'assiette de roulés salés.

Elle en prit un juste au moment où Daphné posa une petite assiette devant elle.

— Oh purée, c'est trop bon, dit-elle après une bouchée.

— Ils sont si bons qu'on parle tous la bouche pleine, plaisanta Diego.

Flynn réapparut avec un billet de cinq dollars à la main.

— Je te dois autre chose ? demanda-t-il en le posant brutalement sur le comptoir.

Je secouai la tête. Il regarda Diego, qui fit de même.

— T'as fini par me payer après avoir perdu au poker il y a quelques semaines.

— Au fait, la soirée cartes entre filles, c'est pour bientôt ? demanda Harley en faisant un geste en direction de Daphné.

— Juste entre filles ? demanda Diego en regardant Harley.

— Oui, vous avez fait plein de soirées entre mecs avant, alors on organise une soirée entre filles, surtout qu'il y a plus de femmes dans la maison du personnel maintenant.

La porte du couloir s'ouvrit à nouveau, et cette fois, Gemma fit son apparition.

— Soirée cartes entre filles, lança Daphné.

— Où ça ? demanda Gemma en s'approchant, s'arrêtant entre Harley et Diego et se penchant pour déposer un baiser sur la joue de ce dernier.

Il passa son bras autour de sa taille et l'attira contre lui.

— Je peux venir ?

— Non, répondit Gemma avec un sourire.

— À la maison du personnel. Il ne reste plus qu'à choisir une date, dit Harley. Cat s'est entraînée avec Grant.

— Je suis bonne au poker, dit Daphné.

— C'est vrai ? demanda Diego.

— Oh, oui, confirma-t-elle en hochant la tête.

— Jouons juste pour le plaisir, lança Gemma.

— Pourquoi vous n'invitez aucun mec ? insista Diego.

— Non, c'est non, décréta Harley en plissant les yeux.

Il posa son front sur l'épaule de Gemma, qui gloussa. Il leva la tête et l'embrassa longuement. Je détournai le regard. Leur intimité et leur proximité étaient si évidentes. Mon cœur se serra, et par réflexe, je jetai un coup d'œil vers Harley. Elle regardait son assiette. Lorsqu'elle leva les yeux et croisa mon regard, un frisson électrique me traversa. J'eus l'impression que l'air entre nous faisait des étincelles. Elle baissa rapidement les yeux. Je m'emparai d'un autre roulé avant d'y mordre à pleines dents.

Et merde. J'avais de plus en plus de mal à la côtoyer devant nos amis.

Chapitre Dix-Neuf

HARLEY

Le lendemain soir, je rentrai à la maison du personnel avant Grant, ce qui n'était pas inhabituel. D'habitude, c'était moi qui arrivais en premier. Parfois, je dînais à l'auberge, mais souvent, je rentrais travailler après avoir mangé un peu plus tôt. J'avais besoin de calme pour me concentrer.

Je préparais du thé dans la cuisine lorsque mon cœur se mit à faire des siennes. Décidant d'ignorer la sensation, je versai une généreuse cuillerée de miel dans mon thé et bus une gorgée. En me retournant pour traverser la cuisine, je me sentis étourdie, ma vision se brouilla, et je sus immédiatement ce qui allait se passer. Je sentis mon corps basculer.

Je revins à moi quelques minutes plus tard. Je jetai un coup d'œil à l'horloge. Huit minutes s'étaient écoulées depuis que j'étais entrée dans la cuisine. J'étais tremblante et j'avais envie de rester allongée au sol, mais je savais que je devais absolument me relever. Grant risquait d'arriver d'une minute à l'autre.

Je me relevai tant bien que mal et je balayai le sol du regard. Mon thé était tombé. La tasse s'était brisée et le thé s'était répandu sur le sol. Heureusement, je n'avais pas atterri dans le thé renversé ni sur les morceaux de tasse brisés. Je me précipitai vers l'évier pour prendre des serviettes en papier sur le coin du comptoir. Un moment plus tard, j'étais en train de ramasser les morceaux brisés quand j'entendis la porte d'entrée s'ouvrir.

— Merde ! m'invectivai-je.

— Qu'est-ce qu'il y a ? lança Grant.

— Oh, rien, répondis-je.

Bien entendu, ses longues jambes lui permirent de traverser le salon jusqu'à la cuisine en deux secondes chrono. Il s'arrêta sous la voûte qui séparait les deux pièces et inspecta le sol de la cuisine. J'avais la pelle à poussière à la main. Ses yeux se posèrent sur les morceaux de tasse brisés.

— Qu'est-ce qui s'est passé ?

— J'ai fait tomber mon thé. Je marchais trop vite et il s'est renversé sur moi. Il était brûlant, alors j'ai lâché ma tasse, mentis-je.

Grant me regarda avec méfiance, mais il hocha la tête.

— D'accord.

Puis, au bout d'un moment, il insista :

— Dis-moi la vérité.

— Je te jure que c'est vrai.

Je ressentis un pincement de culpabilité qui me serra le cœur. Il resta silencieux pendant un long moment.

— Tu ne me dois rien, mais ma mère est morte d'une malformation cardiaque non diagnostiquée.

Mon pincement au cœur s'accentua. Grant inspira profondément avant d'expirer bruyamment, ses épaules se soulevant et s'abaissant. Il ferma les yeux un instant. Par réflexe, je traversai la cuisine jusqu'à lui, la pelle à poussière toujours à la main.

— Je suis désolée, lâchai-je.

— Ce n'est pas ta faute, dit-il après avoir rouvert les yeux.

— Je sais. Ce n'est pas ce que je voulais dire. Je suis juste désolée pour sa mort. Je ne connaissais pas les circonstances.

— On s'est tous fait dépister après ça, ajouta-t-il. Aucun d'entre nous n'est atteint de cette maladie.

— J'ai une tachycardie ventriculaire, finis-je par avouer.

Je lui expliquai rapidement ce que c'était avant de conclure :

— C'est juste un problème bizarre avec mon cœur. Parfois, il saute un battement ou mon rythme cardiaque devient irrégulier. C'est pour ça que je m'évanouis parfois. J'ai rendez-vous avec Quinn la semaine prochaine pour discuter des médicaments à prendre.

Grant hocha lentement la tête avant de baisser les yeux vers la pelle à poussière.

— Tu devrais mettre ça à la poubelle.

— J'allais le faire, dis-je en levant les yeux au ciel.

Je rassemblai rapidement les tessons restants de la tasse dans la pelle à poussière et je les jetai à la poubelle avant de me diriger vers le placard dans le coin de la cuisine et d'en sortir la serpillière.

— J'avais ajouté du miel dans mon thé, expliquai-je par-dessus mon épaule.

Après avoir passé la serpillière, je demandai :

— Où est Cat ?

— Je crois qu'elle passera encore la nuit en ville.

Je me mordis la lèvre et sentis le rouge me monter aux joues. Mon pouls s'emballa.

— T'es sûr ?

— Oui, Nora l'a déposée. Elle va à une répétition ce soir.

— Tu veux regarder la télé ? proposai-je.

— Bien sûr.

Tout cela n'était qu'une façade. Juste pour la forme. Je savais que, quelques minutes plus tard à peine, nous ne pourrions déjà plus nous empêcher de nous toucher. D'une certaine façon, j'aimais bien l'impatience qui en découlait. Avec Grant, j'étais devenue accro à l'attente en elle-même. Cacher notre relation à Cat en devenait presque écrasant. Le secret alimentait un désir latent et le frisson de l'interdit chaque nuit. Chaque fois que la voie était libre — c'est-à-dire que Cat était restée dans sa chambre suffisamment longtemps pour qu'on puisse raisonnablement supposer qu'elle s'était endormie — Grant ouvrait la porte de sa chambre. Il allait ensuite dans la salle de bain, attendait une minute ou deux avant de tirer la chasse d'eau, puis faisait mine d'ouvrir et de refermer sa porte. Ce n'est qu'à ce moment-là qu'il entrait furtivement dans ma chambre.

Ensuite, nous nous abandonnions l'un à l'autre. Parfois, c'était un petit coup rapide, et d'autres fois, nous prenions notre temps. Mais dans tous les cas, nous restions *toujours* silencieux.

Un peu plus tard, je m'assis à un ou deux mètres de lui sur le canapé. Il me jeta un coup d'œil, attrapa ma main et la posa sur le renflement de son pantalon. J'étais mouillée, et je ne pus m'empêcher de me mordre la lèvre et de laisser échapper un petit gémissement alors que mon canal se contractait de désir.

— Dis-moi à quel point t'es mouillée, murmura-t-il tout bas.

Je me déhanchai avant de déboutonner mon jean et de le faire descendre d'une main, juste assez pour qu'il puisse y avoir accès.

— Découvre-le toi-même.

Il se rapprocha de moi sur le canapé. Mes yeux se fermèrent et je gémis lorsqu'il introduisit ses doigts en moi.

— Putain de merde, murmura-t-il.

J'étais complètement trempée. Il glissa deux doigts en moi pour m'étirer avant de les retirer de mon fruit défendu. Je gémis en signe de protestation. Il porta sa main à sa bouche avant de sucer ses doigts. Il me regarda droit dans les yeux au moment de les retirer.

— J'adore le goût de ta mouille, putain.

En un éclair, nous nous empressâmes d'arracher nos vête-ments. Je me mis à califourchon sur lui et insérai rapidement son membre en moi, impatiente de ressentir mon orgasme. Je jouis bruyamment juste avant qu'il ne donne un ultime coup de reins. Les muscles de son cou étaient tendus tandis que ses mains agrippaient fermement mes hanches. Il jouit avec mon nom sur les lèvres dans un murmure rauque.

Je m'effondrai contre lui. Il me serra pendant quelques secondes avant de se crisper. En levant la tête, je vis ses yeux s'écarquiller.

— J'entends quelqu'un.

Nous nous éloignâmes l'un de l'autre en hâte. Miraculeusement, nous ne mîmes que quelques secondes à enfiler nos vêtements. Je me précipitai dans la cuisine pour boutonner ma chemise, dos à la porte. Cette dernière s'ouvrit brusquement.

— Salut ! lança Cat.

— Salut, répondit Grant d'une voix calme et posée.

Télécommande en main, il zappait sur les chaînes. Malgré une légère rougeur sur ses joues, il semblait parfaitement serein. J'ouvris le robinet et passai mes mains sous l'eau froide, cherchant à apaiser la chaleur qui persistait en moi.

— Salut ! lançai-je par-dessus mon épaule, tentant de reprendre contenance. Je croyais que t'avais une répète de théâtre, repris-je en revenant au salon.

Cat était en train d'accrocher sa veste au portemanteau et d'enlever ses chaussures.

— La répète s'est terminée plus tôt parce qu'un des premiers rôles est malade. On s'est contentés de revoir notre texte.

— Je croyais que Nora t'avait déposée, intervint Grant.

Cat hocha la tête.

— Ma pote m'a ramenée à la maison. Elle habite un peu après l'embranchement qui mène chez nous. Son copain devait passer la nuit chez elle, alors je ne voulais pas la déranger. Au fait, vous regardez quoi ? demanda-t-elle en s'asseyant sur le canapé.

— Grant n'arrive pas à se décider, comme toujours, plaisantai-je.

Grant leva les yeux au ciel. Je pris mon ordinateur portable sur la table dans le coin du salon et je m'assis en diagonale par rapport à lui.

Cat me jeta un coup d'œil.

— C'est toujours bon pour la soirée cartes de vendredi ?

— Oui. T'auras une répétition ce jour-là ?

— On ne répète que pendant la semaine jusqu'à la semaine avant la représentation. Après, c'est tous les soirs sauf un, jusqu'à la fin.

— Tu pourras nous avoir des places ? demandai-je.

— Bien sûr ! Vous viendrez tous, hein ?

— Évidemment. J'ai hâte d'y être, déclara Grant.

———

Le lendemain matin, je vidais le lave-vaisselle dans la cuisine lorsque j'entendis les pas de Grant dans l'escalier. Je tentai d'ignorer le fait que je connaissais sa démarche par cœur. Cat était déjà partie pour se rendre à l'auberge. J'allais la suivre sous peu. Je savais que Grant n'allait pas non plus tarder, car il ne voulait manquer sous aucun prétexte le petit-déjeuner servi là-bas. Les heures passées avec Grant la veille étaient floues, enveloppées de passion et de désir.

Je commençais à avoir l'impression que le secret lui-même nous liait de plus en plus étroitement. Il n'y avait que nous dans l'obscurité, peau contre peau et emmêlés l'un à l'autre. Je sentis mon pouls s'accélérer. J'inspirai profondément, tentant de chasser la sensation. Sauf qu'en sachant que Cat n'était plus là, une petite partie de moi voulait en profiter.

Je tentai de me concentrer sur mes tâches, mais mon corps ressentait pleinement sa présence imposante. Un frisson parcourut mon échine et des picotements se répandirent dans tout mon corps.

— Coucou, toi, murmura-t-il se glissant derrière moi.

Il baissa la tête et déposa un baiser prolongé sur ma nuque. Mes poils se hérissèrent aussitôt et mon souffle devint court.

— Salut, soufflai-je d'une voix rauque.

Je me retournai, me retrouvant coincée entre ses bras lorsqu'il posa ses mains de chaque côté du comptoir, encadrant mes hanches. Ses yeux parcoururent mon visage.

— Tu vas à l'auberge ? demanda-t-il.

Sa voix basse et rauque ne manquait jamais de me rendre toute chose. Sachant désormais ce que c'était que d'entendre mon nom murmuré d'une voix rauque alors qu'il jouissait, le simple son de sa voix transformait mon sang en lave brûlante.

— Oui.

Ce fut tout ce que je pus dire avant qu'il ne se penche pour poser ses lèvres sur les miennes. Au début, il se contenta d'effleurer mes lèvres avec les siennes. Mais ensuite, il s'attarda, déposant un baiser sur un coin de mes lèvres, puis l'autre. Le temps qu'il plaque entièrement sa bouche sur la mienne, j'étais déjà à bout de souffle et en manque.

Je perdis complètement le fil de mes pensées. Il n'avait pas dû s'écouler plus de quelques secondes avant que la porte d'entrée ne s'ouvre brusquement. C'était trop tard : la large voûte entre le salon et la cuisine offrait une vue directe depuis la porte jusqu'à nous, coincés contre le comptoir. Sans ce baiser, nous aurions sûrement entendu les pas de Cat résonner dans l'escalier.

Elle s'arrêta net en poussant un petit cri suivi d'un « Oh, waouh. »

Grant et moi nous séparâmes, puis il se retourna.

— Waouh quoi ? lança-t-il d'un ton décontracté.

De mon côté, je rougissais comme une pivoine.

— Vous vous embrassez, constata Cat en traversant le salon d'un pas rapide vers la cuisine.

J'aurais voulu nier, faire comme si de rien n'était, mais c'était impossible.

— Et alors ? répliqua Grant en haussant les épaules avec désinvolture.

Je croisai le regard de Cat et me creusai la tête pour trouver quoi dire.

— Tu pourrais peut-être garder ça pour toi ? demandai-je finalement.

Cat nous scruta tour à tour d'un regard calculateur avant de s'arrêter sur moi, puis hocha la tête.

— C'est bien parce que c'est toi.

— Cat... commença Grant d'un ton légèrement menaçant.

— Quoi ? Je ne dirai rien, mais c'est uniquement pour Cat. Toi, je m'en fiche, répliqua-t-elle sèchement.

— Qu'est-ce que tu fais ici ? demanda-t-il, choisissant d'ignorer sa pique.

— J'ai oublié mon portable dans ma chambre.

— Et pourquoi tu es là, dans la cuisine ?

— Parce que vous étiez en train de vous rouler une galoche quand je suis entrée, répondit-elle avec un sourire narquois.

Grant leva les yeux au ciel. J'inspirai un grand coup et Cat se tourna vers moi.

— Je ne dirai rien à personne, mais on en reparlera plus tard.

Sur ce, elle tourna les talons, quitta le salon d'un pas vif et monta précipitamment les escaliers. Un instant plus tard, elle redescendit en trombe en criant :

— Je serai muette comme une tombe !

Elle claqua la porte derrière elle, nous laissant plantés là, les yeux écarquillés.

— Merde, marmonna-t-il.

— On ne peut rien y faire pour l'instant, dis-je, tentant de garder un ton léger. Honnêtement, je me fiche que quelqu'un soit au courant, tant que ce n'est pas Diego.

— Tu sais bien qu'il finira par le découvrir.

— Cat ne dira rien à personne, répliquai-je.

— Tu crois ? J'adore ma sœur, et je ne doute pas qu'elle fera tout pour garder le secret dans ton intérêt, mais ça ne durera pas éternellement.

— Du coup, on fait quoi ? demandai-je.

Je connaissais la réponse facile. On devrait immédiatement arrêter de prendre des risques inconsidérés. Sauf que je ne voulais pas m'arrêter.

— On devrait peut-être arrêter ? demanda-t-il.

— C'est ce que tu veux ? répondis-je tandis que mon rythme cardiaque s'accélérait.

— Non, dit-il après un silence bien trop long à mon goût. Et toi ?

Je devins à nouveau toute rouge et secouai la tête.

— D'accord.

Il se rapprocha de moi et me ramena dans ses bras. J'adorais la chaleur et la force que je ressentais dans son étreinte. Il me semblait être quelqu'un sur qui je pouvais m'appuyer. Lorsque nous étions ensemble, je me sentais toujours bien. Au contraire, lorsque nous étions séparés, je commençais à m'inquiéter et à devenir anxieuse. Je n'aimais pas la façon dont je commençais à me reposer sur lui. Je n'aimais pas la façon dont je me sentais en sécurité avec lui, ce qui était un paradoxe.

Il appuya son front contre le mien et murmura :

— À ce soir.

Ses lèvres se déplacèrent contre les miennes à chaque mot, puis il m'embrassa longuement. Ensuite, il se redressa et demanda :

— On y va ensemble ?

Je faillis secouer la tête, mais le fait était que nous nous étions déjà rendus à l'auberge ensemble de nombreuses fois. Je haussai les épaules et résistai à l'envie de lui tenir la main tout au long du chemin.

Chapitre Vingt

GRANT

Durant les jours qui suivirent, Harley et moi devenions tendus dès qu'une autre personne se trouvait dans les parages. Nous respections à la lettre notre accord tacite : aucun geste déplacé tant que Cat n'était pas dans sa chambre depuis au moins une heure. La tension montait encore plus lorsque nous étions avec Cat dans la maison du personnel. Elle trouvait ça drôle. Elle adorait être au courant d'un secret. Elle semblait tellement s'en amuser que je la croyais capable de tenir parole. Enfin, je savais qu'elle essaierait, mais qu'elle vendrait probablement la mèche à un moment ou à un autre.

Cette inquiétude me rongeait. Je posai mon avion après une journée chargée, partagée entre livraisons et excursions touristiques. J'entrai dans ce que la plupart d'entre nous considéraient comme le hangar principal des avions de Walker Adventures. Nous en avions plusieurs, mais notre bureau se trouvait dans celui-ci.

Diego était là, en train de réparer le moteur d'un des avions.

— C'est quoi le souci ? demandai-je en m'approchant.

Il tourna brièvement la tête dans ma direction et haussa les épaules.

— Je vais probablement devoir passer un coup de fil à Ryan.

À l'instar de mon frère et des autres pilotes, Diego maîtrisait les réparations mécaniques de base sur les avions. Ils avaient tous servi dans l'armée de l'air ensemble et m'avaient appris quelques notions de mécanique, mais je n'étais pas aussi doué qu'eux. Ryan était un habitant du coin qui s'était formé à la mécanique aéronautique et qui avait beaucoup plus de temps que nous pour gérer les soucis mécaniques.

— Oui, j'ai toujours un problème avec l'une des valves. Il faudrait la remplacer. Il a le temps, et moi non, fit remarquer Diego.

Diego se redressa et attira mon attention. Harley et lui avaient les mêmes yeux d'un vert profond. Un élan de culpabilité me traversa tandis que mon cœur se serrait. Je savais qu'elle ne voulait pas que Diego soit au courant pour nous, mais j'étais partagé à ce sujet. Il était inévitable qu'il le découvre un jour. Je préférais l'affronter maintenant plutôt que de le laisser le découvrir par lui-même.

— Qu'est-ce qu'il y a ? demanda-t-il.

Observateur comme toujours, il avait senti que quelque chose ne tournait pas rond chez moi. Il tendit le bras pour refermer le petit capot du moteur. Je marquai une pause, la tension me prenant aux tripes.

— Écoute, je dois te dire quelque chose.

J'inspirai un grand coup. Le fait était que j'avais des sentiments pour Harley et que je sentais que c'était sans doute réciproque. Je savais que nous avions prévu de laisser la flamme de notre passion s'éteindre, mais elle refusait de le faire. Au contraire, elle ne faisait que s'attiser. J'avais déjà abandonné l'idée de me convaincre qu'elle n'était qu'une amie, et je ne voulais pas que tout ça finisse par m'exploser à la figure.

Je me dis qu'il existait peut-être un compromis. Je n'avais pas besoin de dire à Diego qu'on couchait ensemble. Je pouvais simplement lui dire que j'avais des sentiments pour Harley et voir où cela me mènerait.

— T'aurais une minute ? demandai-je.

— Je suis juste là, et je viens de te demander ce qui t'arrive, plaisanta-t-il. Bien sûr que j'ai une minute. Quelque chose te tracasse ?

— Tu vas probablement me casser la gueule, lâchai-je finalement, optant pour la franchise.

Il haussa les sourcils et plissa les yeux.

— C'est à propos de Harley ?

— Euh, oui. J'ai des sentiments pour elle.

Putain, que c'était étrange à dire. Ses yeux se plissèrent davantage.

— Euh, d'accord. Et t'as donné suite à ces sentiments ? insista-t-il.

Je secouai simplement la tête, décidant de lui épargner mes mensonges.

— Je voulais juste te mettre au courant avant d'aller plus loin.

Diego m'observa longuement, son regard semblant sonder mon âme.

— Tu me dis vraiment tout ?

Son ton était sceptique, ce qui était compréhensible.

— Je viens de te dire que j'ai des sentiments pour ta sœur. Voilà l'histoire.

J'avais délibérément omis le mot « toute », mais peu importe. Diego me regarda sans mot dire avant de hocher lentement la tête.

— D'accord.

— D'accord quoi ? insistai-je.

— Juste d'accord.

— Alors, t'es pas en colère contre moi ?

— Bien sûr que si. C'est ma petite sœur.

— C'est une femme adulte, m'entendis-je répliquer.

— Évidemment, elle peut faire ce qu'elle veut, mais... écoute, t'es un mec bien, et j'ai une confiance aveugle en toi quand il s'agit du boulot. Mais t'as pas vraiment une bonne réputation en ce qui concerne les femmes. Tu ne cherches que des relations sans attaches.

J'avalai péniblement ma salive. Il avait tout à fait raison sur ce point.

— Mais... commençai-je

— Mais quoi ? En quoi ce sera différent avec ma sœur ?

— Ce sera différent parce que je tiens à elle.

Il me regarda comme si j'étais débile, ce qui était le cas lorsqu'il s'agissait de Harley.

— Écoute, je ne suis pas stupide. Je sais que si je te dis de ne pas t'approcher d'elle, ton attirance pour elle ne fera qu'augmenter. Et je suis presque sûr que tu ne me racontes pas toute la putain d'histoire. Alors quoi que tu fasses, t'as pas intérêt à lui briser le cœur, sinon...

— Je ne ferais jamais une chose pareille.

— On peut faire souffrir quelqu'un sans le vouloir. T'en es au moins conscient ?

J'acquiesçai d'un signe de tête.

— Bien sûr.

Il m'avait bien eu sur ce coup-là.

— Alors, tu veux me casser la gueule ? demandai-je finalement.

— Si tu lui brises le cœur, je t'envoie à l'hosto.

Sur ce, il se retourna et s'éloigna.

— Je dois y aller, lança-t-il par-dessus son épaule.

Je le regardai sortir du hangar à avions. À ce moment-là seulement, je me rendis compte que Tucker était dans le bureau. J'entendis ses bruits de pas alors qu'il s'approchait.

— Salut, lâchai-je d'un ton morose.

Tucker croisa mon regard en s'approchant, puis il sourit lentement.

— Tu t'en es bien sorti.

— Ouais, dis-je en gémissant.

Je m'adossai à l'avion et frottai le bout de ma botte contre le béton. Il gloussa.

— Alors comme ça, t'as des sentiments pour Harley ?

— Ouaip, avouai-je en levant les yeux au ciel.

— Je parie que tu ne lui as pas dit toute l'histoire, fit-il remarquer.

— Oh, ne commence pas, mec.

Il rit à gorge déployée. Lorsqu'il posa à nouveau ses yeux sur les miens, son regard s'assombrit.

— Qu'est-ce qui se passe *vraiment* ?

— Je l'aime bien.

— Rien n'est jamais aussi simple, mon vieux.

— Je sais. J'avais jamais eu de sentiments pour personne avant elle, putain, lâchai-je en me passant une main dans les cheveux.

— Je sais ce que ça fait.

— Comment ça ? Tu files le parfait amour avec Skylar. En plus, t'avais une petite amie au lycée.

Tucker était en couple avec une fille au lycée, mais elle était décédée. Il hocha simplement la tête.

— Je suppose que t'as raison. Mais c'est jamais facile, mec. Si c'est la première fois que tu veux plus qu'une relation sans attaches, tu risques de flipper.

— Du coup, je fais quoi ?

Il m'adressa un sourire compatissant.

— Je n'ai pas de solution miracle.

— C'est compliqué parce que Diego est un peu comme un grand frère pour moi.

— Oui, et Harley est sa petite sœur. Tu ne pourras pas t'en sortir avec une pirouette. Si tu brises le cœur de Harley, il te refera sûrement le portrait.

— Si ça arrive, je le laisserai faire, dis-je résolument.

— C'est bien, mec, répondit Tucker en riant.

— Au fait, t'as fini ta journée ? demandai-je.

Il hocha la tête et je jetai un coup d'œil à ma montre.

— Tu veux aller dîner quelque part ?

— On a un cours de yoga ce soir.

— Oh, merde, grommelai-je.

Les yeux de Tucker s'illuminèrent d'une lueur espiègle tandis qu'il esquissait un sourire.

— Et si je séchais le cours ? repris-je.

— Non, ça ne ferait qu'empirer les choses. Tu dois assumer et endurer ce moment embarrassant.

Chapitre Vingt-Et-Un

HARLEY

L'attitude tendue de Diego et le comportement étrange de Grant me rendaient anxieuse, sans que je comprenne pourquoi. Le cours de yoga, habituellement mon havre de paix, baignait dans une atmosphère pesante.

Je pouvais sentir le regard de Diego me transpercer entre chaque posture. Il m'avait pratiquement fusillée du regard en entrant. Il s'installait toujours à l'avant. Depuis que Gemma et lui vivaient le parfait amour, il était devenu un élève modèle.

Quand Gemma s'approcha de moi — j'étais installée à ma place préférée, de l'autre côté de la salle — je murmurai :

— Pourquoi Diego est comme ça ?

— Je ne m'inquiéterais pas pour ça à ta place, répondit-elle à voix basse. Concentre-toi sur toi-même. Étire-toi à mon contact.

Elle posa la paume de sa main légèrement au-dessus du bout de mes doigts, et je m'étirai.

— Concentre-toi sur ton corps et ta respiration, dit-elle doucement avant de passer à l'élève suivant.

Je tentai de suivre ses conseils, mais quand je jetai un coup d'œil à Grant, il avait l'air inquiet. J'étais tentée de manquer le dîner qui suivait, mais mon absence aurait été remarquée lors de cette soirée réservée au personnel. Lorsque le dîner était réservé aux clients, certains d'entre nous s'éclipsaient pour vaquer à leurs occupations. Mais ce soir-là, mon absence allait inévitablement être remarquée. De plus, la seule façon pour moi de comprendre ce qui se passait était de m'y rendre.

Lorsque j'entrai dans la cuisine, Cat nous regarda tour à tour, Grant et moi, puis m'adressa un sourire complice. Elle prenait un plaisir excessif à être dans la confidence de notre secret. Je l'ignorai et me rendis à table, m'asseyant entre Cammi et Skylar.

Cette dernière me sourit.

— Salut, les filles, lançai-je. Comment ça va ?

— Bien, répondit Skylar.

— Et toi ? dis-je en jetant un coup d'œil à Cammi.

— Ça va super. J'adore le site Web que tu as créé pour moi. Mais j'ai besoin d'un peu d'aide, répondit-elle.

— Qu'est-ce que je peux faire pour toi ?

— J'ai plus de commandes que ce à quoi je m'attendais.

— Oh, des commandes en ligne ? demandai-je.

Elle acquiesça, les yeux écarquillés.

— Je pensais que ce serait pratique pour mes clients habituels de pouvoir commander en ligne, mais maintenant, beaucoup de gens choisissent cette option.

— Je croyais que tu voulais justement recevoir plus de commandes en ligne ? demandai-je.

— Eh bien, oui, mais non.

Elle avait l'air troublée.

— Dans ce cas, on pourrait les obliger à créer un compte pour pouvoir commander. Ça prendrait quelques minutes. Tes clients habituels prendront la peine de le faire, mais pas les autres.

— Ce serait parfait. Je veux que mes clients réguliers puissent commander à l'avance, mais je dois encore m'habituer à jongler entre le Misty Mountain et les jumeaux.

Cammi avait acheté un deuxième café lorsque les anciens propriétaires étaient partis, et elle était encore en train de s'adapter à la charge de travail supplémentaire. Sans parler de celle ajoutée par les jumeaux. Je discutai de tout et de rien avec elle et Skylar. Diego s'approcha. Je sentis une nouvelle fois son regard peser sur moi. Devant son silence, je choisis de l'ignorer.

Skylar regarda tour à tour Diego et moi, et ses lèvres tressaillirent.

— Qu'est-ce qu'il y a ? demandai-je.

— Rien, répondit-elle sur un ton beaucoup trop innocent.

— On ne dirait pas, répliquai-je.

— C'est rien, je te dis, insista-t-elle.

Je compris le message et décidai de ne pas insister. Le dîner fut tendu, du moins en ce qui me concernait. Un malaise flottait entre Grant, Diego, moi, Skylar et même Tucker. Même si Cat était toujours au courant de notre secret, elle semblait hors de cette petite boucle. Je commençai à m'inquiéter.

———

Cat s'en alla après le dîner, prétextant une répétition pour sa pièce de théâtre. Elle avait emprunté le pick-up de Nora, ce qui signifiait que Grant et moi avions la maison pour nous seuls. Déterminée à comprendre l'origine de cette tension, je décidai d'aborder le sujet frontalement.

— Qu'est-ce qui se passe ? demandai-je à la minute où il était entré.

Il avait attendu trente longues minutes après mon départ de l'auberge pour regagner la maison du personnel, me laissant bouillir d'impatience.

— Qu'est-ce que tu veux dire ? répliqua-t-il en accrochant sa veste et en laissant ses chaussures près de la porte.

— Quelque chose cloche. Dis-moi ce que c'est, dis-je en me levant du canapé et en croisant les bras.

Il resta silencieux pendant une minute, puis il inspira rapidement.

— J'ai parlé à Diego.

— Quoi ?! m'écriai-je.

— Tout ce que je lui ai dit, c'est que j'avais des sentiments pour toi. Je ne lui ai rien dit de ce qui s'était passé.

— C'est pas vrai. J'arrive pas à croire que t'aies fait ça.

— Harley, j'étais obligé de lui dire quelque chose. Tu sais très bien que ça me retombera dessus s'il le découvre autrement.

— Peut-être, mais t'avais pas besoin de dire quoi que ce soit ! lâchai-je en serrant les dents.

— Tu veux bien m'écouter ? Assieds-toi, s'il te plaît.

— D'accord.

Je pris place dans le coin du canapé d'angle et il s'assit à côté de moi.

— J'ai vraiment des sentiments pour toi.

— Si t'avais des sentiments pour moi, c'est à moi que t'aurais dû le dire, pas à mon frère.

— Ne m'interromps pas, s'il te plaît.

Je tentai de reprendre mon souffle alors que mon cœur tambourinait dans ma poitrine.

— T'as des sentiments pour moi ? répétai-je.

— Oui.

— C'est vrai qu'on est hyper compatibles au lit, lançai-je, tentant maladroitement de détourner la conversation.

— Tu sais que ce n'est pas ce que je veux dire, et je ne pense pas être le seul.

Alors que j'essayais de digérer ses paroles, il poursuivit :

— Je ne m'attendais pas à ça, mais je ne veux pas tout gâcher.

— Pourquoi tu ne m'en as pas parlé avant d'en discuter à Diego ?

— Parce que je ne veux pas que ça dégénère.

— Tu ne veux pas que la situation dégénère, alors tu choisis d'en parler à mon frère ? répliquai-je sèchement.

— Tout ce que je lui ai dit, c'est que j'avais des sentiments pour toi. Je ne lui ai rien dit de ce qui s'est passé.

— Il n'est pas stupide, murmurai-je.

Grant se pencha en avant, les coudes sur les genoux, et passa ses mains dans ses cheveux. Je l'entendis distinctement inspirer un grand coup. Il leva la tête et croisa mon regard. Le sien était sérieux et déterminé.

Mon cœur s'emballa dans ma poitrine et ses battements s'intensifièrent de plus en plus. La plupart de ce qui s'était passé entre nous depuis que nous avions succombé à la tentation était plus que ce à quoi je m'attendais. Grant n'était pas le seul. Je déglutis, me sentant emportée par une déferlante d'émotions.

Je pris à nouveau une inspiration tremblante. Pendant tout ce temps, il m'observait sans mot dire. J'eus l'impression d'être submergée. Même si j'étais têtue et que céder n'était pas dans mes habitudes, je détournai le regard en premier. Je déglutis et ma poitrine se serra. Ma gorge était nouée par une émotion inconnue.

— Tu vas bien ? demanda Grant.

J'entendis un bruissement, puis je le vis assis à côté de moi, passant son bras autour de mes épaules.

Je me décalai pour me lover contre son épaule. Je ne voulais pas dépendre de Grant, et encore moins le désirer. Il était fort, solide et protecteur. Je n'avais pas besoin d'un homme pour me protéger.

Je détestais me sentir aussi vulnérable avec lui. Mais c'était là que les choses se compliquaient. Je détestais ça, et pourtant, je ne pouvais pas le cacher. Je ne pouvais pas nier que je lui faisais aveuglément confiance.

Je luttai pour contenir mes larmes. Je sentis que Grant savait qu'il ne devait pas insister. Il me garda simplement près de lui, un bras enroulé autour de mes épaules.

Je posai ma joue contre sa poitrine, bercée par les battements réguliers de son cœur. Je finis par trouver le courage de lever la tête et de le regarder à nouveau dans les yeux.

— Tu vas bien ? demanda-t-il à nouveau.

J'acquiesçai d'un signe de tête.

— Je suis toujours contrariée, osai-je déclarer.

Les coins de ses lèvres tressaillirent.

— Je comprends. T'as le droit d'être contrariée.

— Bien sûr que j'ai le droit. Je *suis* contrariée.

— J'aurais dû t'en parler avant de dire quoi que ce soit à Diego, concéda-t-il.

— Ouais, t'aurais dû, répondis-je avec insistance en levant le menton.

Il se pencha vers moi et leva la main pour écarter mes cheveux de mon visage tandis que son pouce parcourait le bord de ma mâchoire. Ce geste, bien que subtil, embrasa ma peau comme une flamme.

— Comment je peux arranger ça ? demanda-t-il.

— Eh bien, tu ne peux pas annuler ce que tu as dit à Diego. Tu peux être sûr qu'il ne l'oubliera pas.

— Je sais. Tu veux que je lui reparle ? Pas de souci.

— T'as déjà tout fait foirer, fis-je remarquer.

— Harley, je n'ai pas tout fait foirer.

— C'est pas grave, dis-je doucement.

Il se tut et me regarda attentivement dans les yeux. J'eus l'impression qu'il faisait tomber toutes mes défenses et pulvérisait l'armure qui m'avait si bien servi. En parlant de mes défenses, le fait qu'il en ait parlé à Diego aurait dû m'irriter *beaucoup* plus. Mais dès que ses lèvres effleurèrent les miennes, tout s'évanouit.

Chapitre Vingt-Deux

HARLEY

Le lendemain, j'avais rendez-vous avec le Dr Quill... euh, Quinn. Je n'arrivais même pas à prononcer son nom correctement. Toute cette histoire m'avait rendue bien trop anxieuse.

— Donc tu t'es évanouie une fois depuis ta dernière consultation, mais c'était bref. Comment tu te sens ? demanda-t-il poliment.

Je haussai les épaules avec désinvolture. Déterminée à minimiser la situation, je me persuadai que je pouvais m'en sortir avec de la volonté. J'en étais convaincue.

— Je vais bien. Je suis prête à commencer le traitement. J'y ai réfléchi et tu as raison. Ça ne vaut pas la peine de prendre le risque de m'en passer.

Peut-être que j'évitais d'entrer dans les détails, mais j'étais *vraiment* prête à l'écouter. Quinn hocha la tête.

— C'est assez facile à gérer. Si tu suis bien ton traitement, il devrait réduire tes symptômes.

— Je vais devoir prendre des médicaments toute ma vie ?

— Oui.

— Ça craint. Je suis jeune et en bonne santé, dis-je avec un soupir.

— Parmi tous les problèmes de santé que tu pourrais avoir,

celui-ci est loin d'être le pire. Le diabète est beaucoup plus courant et cause beaucoup plus de problèmes.

— Je suppose que je n'avais jamais vu les choses sous cet angle.

— Remettre les choses en perspective aide beaucoup. Je vais commencer par te prescrire une faible dose de bêta-bloquant et on verra comment tu réagis. Si tu ressens des effets secondaires, dis-le-moi tout de suite. On ajustera pour trouver la bonne dose et minimiser tes crises.

— J'espère que la dose la plus faible suffira, dis-je fermement.

Il hocha simplement la tête, ce qui me fit penser qu'il ne me disait pas tout. Avec toute la franchise qui me caractérisait, je lui demandai :

— Tu me caches quelque chose ?

Il gloussa.

— Non. La dose minimale pourrait te convenir, mais d'après ton profil, on devra probablement l'augmenter.

Je fronçai le nez et plissai les yeux.

— Je suis juste honnête, dit-il en haussant les épaules.

— Je sais. Bon, c'est d'accord, dis-je en soupirant.

— Prends rendez-vous pour un suivi en partant. J'aimerais te revoir dans trois semaines.

Je me levai en même temps que lui. Il me tint la porte, puis je sortis dans le couloir. Il me rattrapa doucement par le coude alors que je m'apprêtais à partir.

— Oui ? demandai-je.

— Merci de me faire confiance et d'être prête à essayer le traitement.

— Je sais que c'est toi l'expert, dis-je à contrecœur. J'ai essayé à ma façon et ça n'a pas marché.

— Voyons comment ça évolue. On se reparle dans quelques semaines.

En entrant dans la salle d'attente, je vis Diego. Dès qu'il m'aperçut, il se leva de sa chaise.

— Qu'est-ce que tu fais ici ? demandai-je sans même prendre la peine de masquer mon agacement.

— J'ai vu ta voiture et je me suis dit que t'étais en consultation.

— Ma vie privée n'a pas d'importance ici ?

Je jetai un coup d'œil à la réceptionniste. Elle portait un casque sur les oreilles et parlait à quelqu'un. Mon frère leva les yeux au ciel.

— J'ai le droit d'entrer ici et de te parler.

— Oh, arrête tes conneries, Diego. Je vais bien. Je vais commencer un traitement.

Je brandis une feuille de papier.

— Qu'est-ce que c'est ?

— Mon ordonnance. Quinn l'a envoyée à la pharmacie et m'a imprimé une copie détaillant ma dose et tous les trucs en petits caractères.

Diego tendit la main pour prendre le papier, mais je le lui repris aussitôt avant de le plier et de le ranger dans mon sac à main.

— Je te tiendrai au courant.

Je me dirigeai vers la réception, réglai mon ticket modérateur et programmai mon prochain rendez-vous, puis nous sortîmes ensemble. Il avait garé sa voiture juste à côté de la mienne.

— Tu sais que je t'aime, n'est-ce pas ? dit-il en me regardant.

— Je t'aime aussi, marmonnai-je.

Comme cette conversation était déjà gênante, je décidai d'aborder un autre sujet qui fâche.

— J'ai cru comprendre que Grant t'a parlé.

Diego haussa les sourcils.

— Oh, il t'a dit qu'il m'avait parlé ?

— Oui, et j'ai une chose à dire.

— Je ne doute pas que tu as quelque chose à dire, rétorqua-t-il.

— Reste en dehors de ça.

— Ça veut dire que tu as des sentiments pour lui ? répliqua-t-il.

Je sentis le rouge me monter aux joues. Les sourcils de Diego parurent monter jusqu'à ses cheveux, tellement il avait l'air surpris.

— Waouh. En fait, je commençais à me douter de quelque chose, mais je pensais que tu allais repousser ses avances.

Il pencha la tête sur le côté, l'air pensif, avant d'ajouter :

— En fait, c'est probablement pire pour lui.

— Qu'est-ce qui est pire pour lui ?

— Le fait que tu aies des sentiments pour lui. Le simple fait que tu l'envisages prouve que tu as des sentiments pour lui.

— Oui, c'est vrai, marmonnai-je. S'il me brise le cœur, je me relèverai toute seule.

— Tu es ma petite sœur, dit-il comme si cela expliquait tout et lui donnait un laissez-passer pour mettre son nez dans mes affaires. Comment tu te sentirais si Gemma me brisait le cœur ?

Ah. Il m'avait bien eue sur ce coup-là.

— D'accord. Tu veux bien rester en dehors de ça ?

— Non, je ne peux pas. Je ne veux pas les détails, mais Grant m'en a parlé, alors je ne peux pas rester en dehors de ça. Et puis, je lui fais confiance. Il m'a dit qu'il s'était inquiété pour toi quand tu t'es évanouie.

— Si tu le dis, lâchai-je en grognant tout bas.

Diego soutint mon regard pendant une longue minute avant de s'approcher et de me prendre dans ses bras. Je le serrai à mon tour dans mes bras et je souris quand il se retira.

— Je t'aime, frangine.

— T'es censé m'aimer, puisque t'es mon grand frère.

— Mais rien ne m'y oblige, dit-il en souriant.

Même si je lui en voulais d'avoir mis son nez dans ma vie, j'esquissai un sourire.

— Je t'aime aussi. Mais arrête de te mêler de ma relation avec Grant.

Il leva les yeux au ciel et attendit que je monte dans ma voiture et que je parte.

Chapitre Vingt-Trois

HARLEY

Le lendemain, je ne vis pas le temps passer. J'avais prévu de passer à l'auberge pour le petit-déjeuner, car notre réfrigérateur était pratiquement vide. J'avais eu une vidéoconférence sur un projet de graphisme, puis je m'étais aussitôt mise au travail, oubliant tout le reste jusqu'à ce que je décide de me lever. J'étais affamée et j'avais presque la tête qui tournait. Je mis précipitamment mes chaussures et je me dépêchai de traverser le sentier bordé d'arbres menant à l'auberge.

Daphné gardait toujours des restes à portée de main. Je me rendis compte de mon erreur en m'engageant dans le couloir du fond. Je sentis quelque chose d'anormal avec mon cœur, qui commençait à s'emballer jusqu'à devenir incontrôlable. Ma vision périphérique commença à être envahie de points noirs. Ce fut la dernière chose dont je me souvins avant d'entendre Daphné prononcer mon nom. Sa voix me parut très lointaine.

— Harley, répéta-t-elle.

J'ouvris enfin les yeux. Elle était agenouillée à côté de moi, écarquillant davantage les yeux au moment où les miens s'ouvrirent.

— Oh, quel soulagement.

Elle s'assit sur ses talons et laissa échapper un profond soupir.

— Je vais bien, dis-je.

— Hum, tu avais perdu connaissance.

Lorsqu'elle posa ses mains sur ses hanches et me lança un regard mi-fâché, mi-inquiet, je faillis éclater de rire. Sauf que je me sentais faible et, apparemment, je venais de m'évanouir dans le couloir du fond de l'auberge. Et merde.

— Je vais bien. C'est juste à cause de mon problème au cœur.

— Je sais, tu l'as déjà mentionné, mais...

— Ce n'est rien de grave. En plus, je viens de commencer un traitement, l'interrompis-je. Mon cœur saute un battement de temps en temps et ça arrive qu'il se dérègle. Je dois juste faire attention à ne pas faire d'hypoglycémie ou autre. Le souci, c'est que j'ai sauté le petit-déjeuner ce matin parce que notre frigo est vide. Ne le dis à personne, s'il te plaît.

Daphné m'observa sans mot dire.

— J'ai envoyé Cat en ville pour faire des courses parce qu'elle a une répétition ce soir pour sa pièce de théâtre. Il n'y a que toi et moi.

Elle évita habilement de promettre qu'elle ne le dirait à personne. Je savais que Daphné en parlerait à Flynn, et que Flynn en parlerait ensuite à Diego et Grant. Mais au fond, je m'en fichais un peu. Je m'étais résignée à l'inévitable.

— Tu veux qu'on s'asseye un peu ? demanda-t-elle.

— Je suis sur le dos, fis-je remarquer.

Elle leva les yeux au ciel.

— Et toi, t'es déjà assise, ajoutai-je.

— C'est pas faux.

Daphné m'aida à me lever et m'emmena dans la cuisine, où elle me fit asseoir à la table et me prépara du thé. Elle me prépara une omelette, insistant sur le fait que j'avais besoin de protéines. C'était probablement le cas.

Elle s'assit avec moi à la table et grignota un scone.

— Je peux avoir un scone pour le dessert ? demandai-je.

Elle me sourit avec des yeux pétillants.

— Bien sûr. Toi aussi, tu aimes ça ?

— J'aime bien la saveur subtile. Et ils ont toujours un bon goût de beurre.

Je terminai la dernière bouchée de mon omelette. Elle but une gorgée de café avant de demander :

— Au fait, comment ça se passe avec Grant ?

Je faillis m'étouffer alors que j'avalais une gorgée d'eau.

— Pardon ? demandai-je après avoir essuyé l'eau qui avait coulé sur mon menton avec une serviette.

Ses lèvres se retroussèrent en un sourire complice.

— Tu sais déjà sûrement qu'il a dit à Diego qu'il avait des sentiments pour toi. Ça saute aux yeux qu'il te plaît et vice-versa. Je me demandais juste combien de temps ça prendrait. Lorsque Cat a déménagé dans la maison du personnel, je me doutais qu'elle finirait par tenir la chandelle malgré elle.

Je sentis mes joues chauffer et j'ignorai la sensation. Je soupirai intérieurement et décidai d'adopter une approche honnête.

— Ça se passe bien.

— Vraiment ?

Elle avait l'air un peu surprise que je lui en aie parlé.

— Ne sois pas si surprise. Si je dois le dire à quelqu'un, c'est à toi.

— Vraiment ? répéta-t-elle, l'air sincèrement curieuse.

— Je te fais confiance. Tu risques d'en parler à Flynn, mais tu ne lui donneras pas les détails les plus croustillants.

Elle rit doucement.

— C'est vrai. Du coup, il y a vraiment quelque chose entre vous ?

— Oh oui, carrément. Mais je ne voulais pas que Diego le sache déjà. S'il te plaît, ne révèle pas ce détail à Flynn.

— Je vais rester vague, promit-elle, la main sur le cœur.

— Il y a eu une...

Je marquai une pause, incertaine de ce que je voulais dire.

— Une étincelle ? proposa-t-elle pour m'aider.

Je souris.

— Voilà. Je pensais que ça allait rester une aventure d'un soir, mais Grant est un gars vraiment sympa.

— C'est un type formidable, confirma-t-elle en hochant vigoureusement la tête.

Je devais avoir l'air bouleversée parce qu'elle se pencha vers moi, passa son bras autour de mes épaules et me fit un câlin rapide.

— C'est une bonne chose, non ? Alors, qu'est-ce qui ne va pas ? demanda-t-elle doucement au moment de se retirer.

— Je ne sais pas. Je suis indépendante. J'ai du mal à compter sur qui que ce soit. Mon dernier petit ami m'a trompée, mais ce n'était pas comme si on était amoureux.

Je marquai une pause, hésitant à lui révéler le seul détail dont je détestais parler.

— Quand j'avais seize ans, le petit ami de ma sœur m'a draguée. Il avait vingt-sept ans.

— Quel sale type ! s'exclama-t-elle en plissant les yeux.

— Je lui ai dit d'aller se faire foutre, mais je crois que ça m'a empêchée de faire confiance aux autres par la suite. Ma sœur pensait que c'était le meilleur mec de la planète. Il était gentil et tout.

— Qu'est-ce qui s'est passé ensuite ?

— Je le lui ai dit et elle l'a largué. Ça m'avait touchée. Il lui avait dit que je mentais, mais elle m'avait crue.

J'avais eu de la chance dans mon malheur. Mon estomac se retournait chaque fois que je me souvenais de lui essayant de m'embrasser après avoir glissé sa main plus bas que ma taille. J'avais été horrifiée. Je chassai ces pensées de mon esprit. Cela avait certainement contribué à ma méfiance envers le monde entier, mais c'était du passé.

Daphné eut l'amabilité de me laisser changer de sujet :

— Grant n'est pas très fan des relations sérieuses, non ?

— Je ne pense pas qu'il y soit opposé. Peut-être qu'il n'a juste pas encore rencontré la bonne personne, répondit-elle.

— Oui, mais comment est-ce que je pourrais être la bonne personne ? Ça risque de partir en vrille.

Elle haussa les épaules.

— On a tous survécu à la rupture entre Gabriel et Nora. Tu n'étais pas là pendant toute cette période, mais ils étaient restés en froid pendant un certain temps.

— Mais maintenant, ils sont heureux. Peut-être que ma relation avec Grant est destinée à rester passagère.

— Tu l'apprécies vraiment ? demanda-t-elle gentiment.

Mon cœur s'emballa aussitôt. J'inspirai un grand coup avant de soupirer bruyamment.

— Je pense que oui, admis-je à contrecœur. Il a parlé de nous à quelqu'un ?

Je détestais ma curiosité de tout mon être, mais je voulais vraiment savoir. Si quelqu'un était au courant, c'était Daphné.

— Diego a dit à Flynn que Grant lui avait dit qu'il avait des *sentiments* pour toi. Je pense que vous êtes faits l'un pour l'autre, dit-elle en hochant résolument la tête.

— Pourquoi tu dis ça ?

— Parce que c'est vrai. La vie n'a pas été tendre avec Grant. Leur mère est morte et il semble que leur père n'était pas très présent dans leur vie avant de décéder. Malgré tout, Grant est tellement facile à vivre. Je pense que les choses viennent assez facilement pour lui. Mais toi, tu représentes un défi. Il ne peut pas être simplement le mec que toutes les filles veulent embrasser ou se taper, au choix, dit-elle sans ambages.

Sa remarque me fit rire aux éclats.

— Tu veux dire que je suis difficile ?

— Non, je dis juste que tu es un défi pour lui. Tu es indépendante, intelligente... Tu n'as jamais besoin de lui, et je pense que c'est une bonne chose pour lui.

— Et lui, qu'est-ce qu'il peut m'apporter ?

Son regard s'adoucit. Elle marqua une pause, termina la dernière bouchée de son scone et but une gorgée d'eau avant de répondre :

— On dirait que tu ne fais pas confiance à l'univers, surtout quand il s'agit d'amour. Tu es un peu irritable sur les bords.

Elle dit cela d'une telle façon que me vexer était impossible et je pouffai de rire.

— Je dis ça comme ça, dit-elle en souriant rapidement. Grant sera bon avec toi, et je pense que tu le mérites.

— Pourquoi il voudrait de moi ? Comme tu l'as dit, je suis irritable.

— Je le suis moi-même un peu.

— Non, c'est faux ! protestai-je.

Elle haussa les sourcils.

— Ça s'est amélioré, mais à l'époque où j'ai rencontré Flynn, j'étais *vraiment* coincée. C'est pour ça qu'il m'appelle princesse.

Je souris.

— J'adore quand il t'appelle comme ça. C'est vraiment mignon.

Ses joues se mirent à rougir.

— J'adore ça aussi, mais ça me rendait folle au début. Quoi qu'il en soit, ça aide parfois d'avoir quelqu'un sur qui on peut vraiment compter. C'est tout ce que je veux dire.

Elle marqua une pause et me regarda attentivement avant de me demander :

— Il est au courant de ton problème cardiaque ?

— Oui, tu te souviens ? C'est lui qui avait alerté Diego quand je me suis évanouie l'autre jour.

— Mais oui, bien sûr ! s'exclama-t-elle en se frappant le front.

— Je viens de commencer à prendre des médicaments.

— Tu penses que ça va t'aider ?

— J'espère. Quinn a dit qu'il faudrait peut-être ajuster la dose.

— Je pense que tu devrais lui dire ce qui est arrivé.

— Je n'y manquerai pas. J'ai un rendez-vous de suivi, dis-je, me sentant un peu sur la défensive.

— Bien. Je préférerais ne pas te retrouver encore une fois évanouie dans le couloir. La prochaine fois, j'appellerai Grant ou Diego.

Je lui lançai un regard noir.

Chapitre Vingt-Quatre

GRANT

Trois jours entiers s'écoulèrent avant que je ne découvre ce que Harley cachait.

— Je t'en ai déjà parlé, disait Daphné à Flynn dans la cuisine de l'auberge. Je l'ai trouvée dans le couloir. J'avais oublié qu'elle avait parfois des problèmes cardiaques.

— T'as trouvé qui dans le couloir ? demandai-je en entrant dans la cuisine.

— Harley. Elle avait oublié de prendre son petit-déjeuner et s'était plongée dans son travail. Elle est venue ici et s'est évanouie dans le couloir.

— Elle va bien ? aboyai-je, un peu plus agressif que je ne l'aurais voulu.

Je voyais Harley tous les jours, alors je savais qu'elle allait bien. Daphné me jeta un coup d'œil.

— Oui, elle va bien. Toi par contre, t'as l'air tendu, observa-t-elle alors que je m'arrêtais au coin du comptoir.

— Qu'est-ce que tu insinues ?

Le regard perspicace de Daphné se posa sur moi. Son ton était décontracté lorsqu'elle répondit :

— Je n'insinue rien. T'as l'air tendu, c'est tout.

Flynn jeta un coup d'œil dans ma direction, son expression indéchiffrable.

— On est tous un peu sensibles aux problèmes de cœur, dit-il en jetant un coup d'œil à Daphné.

— Je sais. Harley a dit qu'elle avait commencé à prendre des médicaments.

La colère monta en moi. Harley aurait dû m'en parler. Elle n'avait même pas mentionné qu'elle avait commencé un traitement. Je sentis le regard de Daphné sur moi et je fis tout pour adopter une expression neutre, mais Daphné était d'une perspicacité agaçante. Elle ne dit rien à ce moment-là, mais je vis ses yeux se plisser légèrement et l'inquiétude parcourir son regard, une ride révélatrice se formant entre ses sourcils. Elle finit par détourner le regard pour répondre à Flynn.

Je me rendis aux toilettes du couloir du fond, m'aspergeai le visage d'eau froide, le séchai rapidement avec une serviette en papier et repris mon souffle. Je m'enjoignis de ne pas m'attarder sur ce sujet. Je n'avais pas besoin de m'inquiéter pour Harley. Elle allait bien, pas vrai ? Je n'avais pas besoin d'être en colère. Elle ne m'en avait pas parlé, c'est tout. Pourtant, ce détail me piqua comme une écharde enfoncée dans la vieille cicatrice laissée dans mon cœur par la mort de ma mère.

Ma raison tenta de me rappeler qu'elle n'avait pas su à quel point c'était grave avant qu'il ne soit trop tard. Je dus à nouveau m'asperger le visage d'eau. J'inspirai à nouveau un grand coup pour tenter d'oublier tous ces soucis.

Lorsque j'entrai à nouveau dans la cuisine, il ne restait plus que Daphné.

— Où est Cat ? demandai-je.

— Je pense qu'elle est allée en ville.

Je me sentis perturbé. J'avais encore faim, mais je n'avais pas envie de manger. Mon estomac se noua.

— J'ai ton snack préféré, dit Daphné.

— Quel snack ? demandai-je.

Elle sourit.

— Ces roulés jambon-fromage que tu adores. Je ne sais pas si ce sont vraiment tes préférés, mais je sais que chaque fois que j'en fais, tu les manges tous.

Lorsque je fis le tour du comptoir, elle poussa une petite assiette dans ma direction. Je pris un roulé et en mangeai une bouchée. C'était délicieux, mais je n'arrivais même pas à me concentrer.

— Harley ne t'a rien dit, pas vrai ? devina Daphné.

— De quoi tu parles ? demandai-je, même si je savais exactement de quoi il s'agissait.

Daphné se pinça les lèvres. Elle mit son rouleau à pâtisserie de côté et se rinça rapidement les mains à l'évier. Pendant qu'elle les séchait, elle leva les yeux vers moi.

— Elle ne veut pas qu'on s'inquiète. Mais moi, je m'inquiète, et je sais que toi aussi. Je sais qu'elle compte beaucoup pour toi.

Mon cœur tambourina si fort dans ma poitrine que j'en ressentis une douleur physique. J'avais toujours cru que les peines de cœur n'étaient qu'une exagération propre aux romans à l'eau de rose. Mais à cet instant, j'avais vraiment mal au cœur. Des larmes me piquaient déjà les yeux, mais je ne voulais pas pleurer devant Daphné. Non pas pour jouer les machos, mais parce que je ne voulais pas qu'elle s'inquiète pour moi. Cela n'aurait fait qu'empirer les choses.

— Tu peux pleurer, dit-elle gentiment.

Je clignai des yeux et une larme solitaire coula sur ma joue. Je l'essuyai aussitôt du revers de la main.

— Je ne veux pas pleurer. Mais ce n'est pas pour jouer les durs.

— Je le sais bien.

— Tu sais comment notre mère est morte, déclarai-je.

Elle hocha la tête.

— J'imagine que ça doit te rappeler de mauvais souvenirs.

— Oui, c'est sûr. J'aimerais que Harley essaie de...

Je m'interrompis, puis secouai la tête.

— ... Putain. Je ne sais pas.

— Tu devrais lui en parler. Dis-lui ce que tu ressens.

— Pour quoi faire ? Elle ne me dit même pas quand elle a une de ses crises.

— Elle a dit qu'elle venait de commencer son traitement et que Quinn ajusterait la dose si besoin, dit doucement Daphné.

Je savais qu'elle essayait de me rassurer, mais cela ne fit qu'accentuer mon agacement. Harley n'avait même pas pris la peine de m'en parler, bordel.

— Ah, cool, dis-je en fourrant le reste du roulé dans ma bouche avant de déverser ma frustration sur un autre roulé qui n'avait rien demandé.

Il avait un goût de sciure en bouche, mais je voulais juste me caler l'estomac. Ce dernier semblait presque fondre à cause de l'acide de ma colère et de la confusion de mes sentiments pour Harley.

Je savais que ma relation avec elle dépassait désormais le simple plan cul entre colocataires. Je ne me mettais pas souvent en colère, et c'était une autre écharde dans cette cicatrice de mon cœur.

Je passai mon après-midi à piloter, soulagé d'avoir eu une journée bien remplie. Tout prétexte était bon pour ne pas penser à Harley.

Ce soir-là, je dînai en ville, au Sally's.

— C'est bon de te voir, dit Layla alors que je passais devant elle un peu plus tard.

Elle me fit un petit sourire, mais ce dernier me parut forcé. Je n'avais pas l'intention de lui expliquer la situation, mais je sentis qu'elle savait que notre plan cul appartenait désormais au passé. Ce qui était le cas.

Je levai la main en signe de salut, déposai un pourboire sur la table et sortis en fin de soirée. Dans la plupart des régions, la nuit serait déjà tombée, mais à cette latitude en été, même à onze heures du soir, les couleurs persistantes du coucher de soleil marbraient encore le ciel. Alors que les ténèbres indigo s'apprêtaient à les engloutir, quelques étoiles scintillaient déjà à travers les couleurs. Un croissant de lune trônait au-dessus de la crête sombre des montagnes au loin.

Mes bottes crissèrent sur le gravier alors que je traversais le parking. Les bruits du bar s'amplifièrent avant de s'éteindre lorsque la porte s'ouvrit et se referma derrière moi.

Je m'étais convaincu que m'arrêter ici n'était pas un test, mais c'en était un. La colère que j'éprouvais à l'égard de Harley était encore en train de mijoter en moi. Je voulais voir si je pouvais ressentir une étincelle. Mais rien ne vint. Nada. Layla était sympa. On s'était toujours bien amusés ensemble, sans prise de tête, et on passait de bons moments au lit. Pourtant, Harley avait probablement rendu toutes les autres femmes de cette planète inintéressantes à mes yeux.

Tout avec elle était si intense. Elle avait fait monter mes attentes d'un cran. Quand elle baissait sa garde, j'avais l'impression de gagner quelque chose, quelque chose qu'elle n'offrait pas facilement.

Je rentrai chez moi. J'espérais simplement que Harley et Cat étaient toutes les deux endormies. Il faisait presque nuit quand je rentrai à la maison. Depuis le parking près de l'auberge, j'empruntai le sentier bordé d'arbres jusqu'à la maison du personnel. Mes pas étaient silencieux sur le sol battu. Un hibou hulula au loin, et une pie, toujours aussi autoritaire, jacassa en retour.

Je m'arrêtai lorsque la clairière me permit de voir devant moi le petit cercle de lumière projeté au-dessus du porche. J'inspirai profondément, redressai les épaules et repris ma marche avec détermination.

En montant sur le porche, je sus avant même d'ouvrir la porte que Harley était encore réveillée. Mon estomac se contracta aussitôt.

— Salut ! lançai-je en entrant.

Elle était assise sur le canapé et me jeta un coup d'œil. Le silence était pesant. Je laissai mes bottes près de la porte et j'accrochai ma veste. J'étais sur le point d'aller dans la cuisine quand sa voix m'arrêta. C'était comme si elle avait attrapé un pan de ma chemise pour me retenir.

— Je vais bien.

La colère qui mijotait en moi explosa soudain. Je me retournai.

— Pourquoi tu me caches des choses ? C'est n'importe quoi.

Elle se leva, les mains sur les hanches.

— Ça ne te regarde pas.

Chapitre Vingt-Cinq

HARLEY

Grant me regarda fixement. Mon cœur battait si fort que je me sentis vaciller un instant. Par réflexe, je posai ma paume sur ma poitrine. En un éclair, il se précipita à mes côtés.

— Tu vas bien ?

— Oui, ça va, marmonnai-je.

Sauf que ce n'était pas le cas. Les battements de mon cœur s'apparentaient à ceux d'une balle dévalant une colline à vitesse croissante. Je me rassis et me forçai à respirer profondément plusieurs fois. Quand je rouvris les yeux, Grant était là, et mon rythme cardiaque avait ralenti.

Je mentis à nouveau, en le regardant dans les yeux cette fois.

— Je vais bien. Je suis juste agacée.

C'était vrai, mais mon cœur s'emballait de nouveau.

— Tu me le dirais si tu n'allais pas bien ?

— Peut-être pas. Écoute, je n'aime pas qu'on s'inquiète pour moi.

Grant resta silencieux. Il avait l'air à deux doigts de se mettre en colère, chose que je ne l'avais encore jamais vu faire. Il était facile à vivre.

— Quand les gens se soucient de toi, ils s'inquiètent. Par

exemple Daphné, Diego, et je suis sûr que tes sœurs aussi. On se soucie tous de toi.

— Je sais.

Je croisai obstinément les bras, entrelaçant mes avant-bras.

— Écoute, si tu comptes rester dans mes pattes en permanence et t'inquiéter de tout ce que je fais, ça n'ira pas. Je n'ai pas besoin de faire un rapport chaque fois que j'ai un problème. Je prends des médicaments. Tout va bien se passer.

Grant ferma les yeux. Lorsqu'il les rouvrit, il secoua lentement la tête.

— Tu ne comprends pas. Pourquoi t'es si têtue ?

— Parce que, répondis-je, sans même me soucier de passer pour quelqu'un de borné.

— Tu sais, ma mère ne nous a pas dit qu'elle avait des problèmes avant qu'il ne soit trop tard. À sa décharge, elle ne l'a su que tardivement. Mais toi, tu es au courant de ton problème. C'est vraiment blessant d'empêcher quelqu'un de t'aider alors qu'il le veut.

Il se leva et s'éloigna avant de monter précipitamment les escaliers, puis de claquer la porte de sa chambre.

J'étais toujours agacée, mais je sentais aussi la culpabilité me ronger le cœur. Cependant, je préférais mourir plutôt que de m'excuser. J'attendis qu'il entre dans la salle de bain puis retourne dans sa chambre avant d'envisager de monter à l'étage. Même après cela, je restai assise tranquillement dans le salon, à travailler sur mon ordinateur. Deux heures plus tard, je montai sur la pointe des pieds à l'étage, où je passai une nuit presque blanche à me retourner dans tous les sens. Je finis par renoncer à dormir vers quatre heures du matin et j'allumai mon ordinateur portable pour travailler davantage.

Lorsque j'entendis Grant se lever et se doucher, je songeai à sortir pour lui dire que j'étais désolée et que je comprenais ce qu'il ressentait au sujet de sa mère. Mais je demeurais têtue et voulais juste lui expliquer que nous n'étions pas pareils. Je savais ce qui n'allait pas et je prenais des médicaments. Tout allait bien se passer. Je n'avais pas besoin que tout le monde me tourne autour.

Chapitre Vingt-Six

HARLEY

— Tu as souffert d'un épisode d'évanouissement et d'un autre où ton cœur a commencé à s'emballer ? demanda Quinn.

— Oui, j'étais en colère, répondis-je en haussant les épaules.

Il haussa un sourcil.

— Quoi ? Ça arrive à tout le monde de se mettre en colère, non ?

— Sans aucun doute, concéda-t-il.

— Mais toi, tu m'as l'air d'être du genre facile à vivre, dis-je.

À la minute où je prononçai ces mots, je pensai à Grant, qui était lui-même facile à vivre. Quinn rit légèrement.

— Les émotions trop intenses affectent le cœur. Tu fais toujours du yoga ?

— Gemma organise un cours à l'auberge pour nous. J'ai aussi l'habitude d'aller une ou deux fois par semaine à son cours en ville.

— Bien.

— Je comprends que le yoga puisse me détendre, mais en quoi ça va m'aider à résoudre mon problème ?

Quinn hocha la tête.

— Apprendre à utiliser ta respiration pour ralentir ton rythme cardiaque est très important. L'un de mes profs d'anatomie disait que les poumons et le cœur sont étroitement liés. Ce que l'un fait, l'autre l'imitera. Tu ne peux pas ralentir ton rythme cardiaque de façon consciente, mais tu peux le faire avec ta respiration. Sers-toi d'elle. C'est ton amie, et le yoga peut t'aider à y parvenir.

— Si tu le dis, le taquinai-je en plissant le nez.

Quinn s'abstint de me taquiner en retour.

— Un trop-plein d'émotions peut affecter ton pouls. Tu as tout intérêt à apprendre à le remarquer et à le ralentir.

— Eh bien, je me suis assise et j'ai respiré à fond, dis-je, me sentant sur la défensive à propos de ma respiration et du fait que je m'étais mise en colère.

Quinn tapota sur quelques touches de son ordinateur.

— Je ne dis pas ça pour te juger. Tout le monde se met en colère. Je sais que c'est frustrant de devoir gérer un problème cardiaque.

— Oui, c'est sûr. Je suis en bonne santé et je suis jeune.

— Je ne peux pas t'empêcher de vieillir, mais je peux t'aider à rester en bonne santé. J'ai ajusté la dose. Je m'assurerai que l'ordonnance est bien envoyée à la pharmacie. Tu devrais pouvoir récupérer tes médicaments cet après-midi.

— Merci, me forçai-je à articuler.

Ce n'était pas la faute de Quinn si, d'une certaine façon, je lui reprochais ma situation. D'un côté, j'avais aussi rejeté la faute sur mon ancien médecin. J'avais manifestement tendance à jeter la pierre au messager.

Quinn sourit quand je me levai.

— N'oublie pas de prendre rendez-vous avec la réceptionniste en sortant. Je veux te voir le mois prochain, voire plus tôt si tu as de nouveau une crise.

Après mon départ, j'eus l'impression que l'univers s'acharnait sur moi ce jour-là. Diego m'appela pendant que je rentrais chez moi en voiture. En mode pilote automatique, je tapotai sur l'écran de mon tableau de bord pour répondre quand je vis son nom.

— Salut, je viens juste prendre de tes nouvelles. Daphné m'a dit que tu avais de nouveau fait une crise.

— Je vais bien, martelai-je. Je viens de sortir de ma consultation avec Quinn. Il a ajusté mes doses de médicaments. Je vais bien.

J'en avais ras-le-bol que tout le monde s'inquiète autant pour moi.

— Je suis ton frère. Tu ne voudrais pas savoir comment je vais s'il m'arrivait quelque chose ?

— Si, mais c'est agaçant, répondis-je sincèrement.

— Eh bien, fais avec. Et sinon, comment ça se passe avec Grant ?

— C'est au point mort, dis-je catégoriquement.

— Hé, t'es sûre que tu vas bien ?

— J'ai connu des jours meilleurs.

Je me sentais à fleur de peau. Ce soir-là, pour tenter de me convaincre que tout allait bien, je sortis de chez moi pour aller dîner à l'auberge. Grant et moi parvînmes brillamment à nous ignorer tout en conversant avec tous les autres. L'effort que cela me demandait m'épuisa. Je ne voulais pas l'admettre, mais il me manquait.

Une seule nuit sans lui, et déjà il me manquait. Son absence était semblable à de petites piques de vulnérabilité qui m'assaillaient sans relâche. C'était déjà trop.

Je me sentis stupide d'avoir cru un jour que notre relation resterait simple. Chienne de vie. Nous étions vraiment dans la merde. La meilleure chose à faire était d'en rester là, même si cela impliquait de passer de mauvais moments à court terme.

Je pris congé presque immédiatement après le dîner, prétextant que j'avais du travail à faire. L'avantage de mon travail, c'était que j'avais toujours quelque chose sur lequel me concentrer. J'ouvris mon navigateur Internet et me plongeai dans la modification de graphiques.

Après la troisième nuit où Grant et moi avions suivi cette routine consistant à nous ignorer mutuellement, je me levai le matin en m'attendant à le voir. Je refusais d'admettre que je connaissais son emploi du temps par cœur, mais c'était pourtant le cas. Cat était dans la cuisine de la maison du personnel. Elle prenait habituellement deux matinées de congé par semaine, qu'elle rattrapait ensuite avec Daphné.

— Salut, dit-elle.

Elle était assise sur le canapé, une tasse de café à la main, et portait un vieux pantalon de survêtement avec un grand haut en polaire qui avait l'air doux et confortable.

— Salut.

Je me rendis dans la cuisine et je me servis une tasse de café.

— Merci pour le café, dis-je en retournant dans le salon avant d'en avaler une gorgée.

— De rien, répondit-elle. Comment ça se fait que tu ne m'aies pas demandé où est Grant ?

— Je suis censée te le demander ? répliquai-je.

Cat leva les yeux au ciel.

— Vous avez tout fait pour vous ignorer l'un l'autre ces deux derniers jours.

— Tu t'imagines des choses.

Elle leva à nouveau les yeux au ciel.

— Si tu penses que je n'ai pas remarqué que vous vous voyiez en cachette presque toutes les nuits, alors t'es plus naïve que moi.

Je sentis le rouge me monter aux joues. J'avalai une gorgée de café pour me ressaisir avant de répondre :

— Peu importe. C'est pas comme si on était ensemble.

Cat m'observa sans mot dire.

— Il t'aime vraiment bien.

— Je ne crois pas. Il est furieux parce que je ne lui ai pas dit que j'avais perdu connaissance dans le couloir. C'est Daphné qui lui en a parlé.

Elle me regarda par-dessus le bord de sa tasse de café avant de la vider et de la poser sur la table basse.

— Tu sais, ça arrive aux gens de s'inquiéter pour les

personnes qui leur sont chères, dit-elle avec insistance. C'est pas comme si je voulais que tu me rendes des comptes, mais jusqu'à récemment, vous avez passé toutes les nuits ensemble.

— J'aurais fini par lui en parler, marmonnai-je, sur la défensive.

— Tu sais qu'il est assez sensible aux questions de santé.

— Pourquoi ? demandai-je, même si je connaissais déjà la réponse.

— Je pense qu'encore aujourd'hui, il se reproche de ne pas avoir été là avec nous quand notre mère est morte. Il est revenu chez nous en voiture ce soir-là, mais c'était déjà trop tard. Il s'en soucie peut-être un peu plus que la plupart des gens. Ce drame l'a profondément affecté.

J'avais du mal à croire que la petite sœur de Grant me faisait la morale, et la culpabilité qui m'envahit me mit mal à l'aise.

— Si ça devait se reproduire, je le lui dirais.

— C'est quoi votre problème, au fait ?

— Il s'est emporté contre moi à cause de ça, donc on va arrêter de se voir pendant quelque temps.

— Le moment est bien choisi, je suppose, répondit-elle.

— Qu'est-ce que tu veux dire ?

— Eh bien, il est parti pour deux semaines, dit-elle en haussant les sourcils.

J'eus l'impression de tomber brusquement d'une hauteur vertigineuse.

— T'étais pas au courant ? s'étonna-t-elle.

— Euh, non. On ne s'est quasiment pas parlé ces derniers temps, marmonnai-je.

Je bus une petite gorgée de mon café, son amertume reflétant mon humeur.

— Il va servir de guide à des touristes pour une excursion de deux semaines. Elias devait s'y coller, mais Grant a proposé de le remplacer lorsqu'il a eu un imprévu.

— Oh.

Je ne voulais même pas admettre à quel point je me sentais désemparée.

— T'aurais sans doute préféré l'apprendre plus tôt, non ?

J'essayai de hausser les épaules, de feindre l'indifférence, mais c'était peine perdue.

Cat me jeta un regard compatissant.

— Il sera absent pendant deux semaines. Peut-être que ça vous laissera le temps de faire le point sur vos sentiments.

— Même si cette pause m'est imposée, je vois où tu veux en venir. J'aurais dû lui dire quelque chose. C'est juste que...

Après avoir hésité un peu, je lâchai la vérité.

— ... J'essaie encore de m'habituer à cette relation. Je déteste me sentir vulnérable.

— Je comprends. Moi aussi. Je suis la plus jeune de ma fratrie, et tous les autres sont des durs à cuire. Même Nora.

Elle leva à nouveau les yeux au ciel avant de poursuivre :

— Bref, revenons à Grant. Il t'aime vraiment bien. Pas comme les filles avec lesquelles il se contente de coucher.

Je ne voulais même pas y penser. L'idée que Grant puisse être avec une autre en ce moment me fit ressentir une pointe de jalousie. Je n'avais même pas été jalouse en surprenant mon ex en pleins ébats avec ma colocataire. J'avais d'ailleurs été plus en colère contre elle que contre lui.

— Je lui parlerai quand il reviendra. Il n'y a probablement aucun moyen de le joindre.

— Mmm... Tu devrais demander à Nora s'il existe un moyen de le joindre par radio. Ne sois pas stupide, dit Cat en se levant. J'aime à croire que t'es plus futée que moi, et pourtant, c'est moi qui te donne des conseils sur ta relation avec Grant.

Elle gloussa en secouant la tête.

— J'apprécie ton avis, réussis-je à dire.

Elle éclata de rire.

— Bref, passe une bonne journée. Moi, je vais traîner un peu ici. Si je vais à l'auberge, je vais vouloir donner un coup de main.

— C'est logique. Au fait, comment ça se passe avec ta pièce de théâtre ?

— Ça va super.

— Quand auront lieu les représentations ?

— Dans trois semaines. Je stresse beaucoup, mais j'ai aussi hâte d'y être.

—Je trouve ça cool, dis-je en souriant.

—Je n'avais jamais fait de théâtre avant, alors j'espère que ça se passera bien. Il faut bien commencer quelque part.

Chapitre Vingt-Sept

HARLEY

Il faut bien commencer quelque part.

Les mots de Cat tournèrent en boucle dans mes pensées plus tard. Je devais commencer quelque part avec Grant maintenant.

Par où allais-je commencer ? Je repensai au moment où j'avais décidé de venir en Alaska.

Je ne voulais pas rester dans mon appartement parce que, eh bien, ma colocataire s'était tapé mon copain. Je me répète, mais ça ne m'avait pas vraiment brisé le cœur à l'époque. Ça m'avait simplement appris à qui je ne pouvais pas faire confiance. Entre ça et le petit ami de ma sœur aînée qui m'avait draguée, on pouvait dire que je ne croyais plus vraiment en l'amour.

J'avais pensé que ce serait sympa de visiter l'Alaska et de revoir Diego au passage. Après être arrivée ici et en avoir fait l'expérience — la nature époustouflante, le fait d'avoir été accueillie dans la famille au centre de villégiature — j'avais pensé pouvoir prendre un nouveau départ. Je n'étais pas obligée de vivre une vie définie par où et avec qui j'avais vécu auparavant.

Je soupirai en prenant la voiture pour me rendre en ville cet après-midi-là, car j'étais certes dans un nouveau cadre, mais j'étais toujours la même. J'étais fière de la façon dont j'avais développé mon entreprise et reconnaissante de pouvoir travailler n'importe où dans le monde. Et pourtant, je ne pus m'empêcher de me demander si je ne m'étais pas moi-même mise en cage. Je tentai de me convaincre que je n'avais pas besoin de trop réfléchir à tout ça.

Je me garai devant l'épicerie. Comme Cat répétait presque tous les soirs et que Grant était parti pour deux semaines, j'avais besoin de quelques produits de première nécessité. Je me frayai un chemin dans le rayon des crackers quand je sentis quelqu'un s'arrêter à côté de moi. En jetant un coup d'œil, je reconnus aussitôt Layla. Elle regardait dans ma direction à ce moment-là et m'adressa un sourire.

— Oh, salut.

— Salut, répondis-je.

Layla était l'une des femmes avec lesquelles Grant couchait parfois. J'ignorais s'il avait continué à la fréquenter ou non.

— Tu dois être Harley, non ? demanda-t-elle.

J'affichai un sourire poli avant de hocher la tête.

— Oui. Et toi, tu es Layla, c'est ça ?

— Je suis une amie de Grant, répondit-elle en hochant la tête.

Elle resta silencieuse pendant un moment, semblant réfléchir prudemment à ce qu'elle allait dire. Enfin, elle se lança :

— Je l'ai croisé l'autre jour.

— Mmm, répondis-je vaguement, ne sachant pas trop quoi dire d'autre.

— Il a mentionné qu'il allait s'absenter deux semaines pour le travail. Tu travailles aussi au centre de villégiature, pas vrai ?

J'acquiesçai à nouveau, en serrant les dents parce que Grant l'avait prévenue de son absence, elle.

— Oui, mais je ne pilote pas d'avions.

— Oh, super. Avant, j'étais plus proche de Grant, mais je crois qu'il est en couple maintenant.

Elle prononça ces mots sans gêne apparente. J'avais envie de crier. Mais plus encore, je voulais en savoir plus, même si je n'avais pas l'intention d'assouvir ma curiosité ici, à l'épicerie. Je me contentai d'émettre un vague son d'assentiment tout en haussant les épaules.

— Grant est un mec bien. Il devrait se caser, dit-elle, presque comme si elle se parlait à elle-même.

— Mmm.

C'était ma réponse standard dans cette conversation. Heureusement, mon portable sonna et je l'arrachai pratiquement de mon sac à main.

— Je dois prendre cet appel, dis-je précipitamment.

C'était ma sœur. Je n'étais pas obligée de répondre tout de suite, mais cela m'offrait une échappatoire à cette conversation.

— C'était sympa de te voir, dit Layla avec un signe de la main avant d'attraper un paquet de crackers et de se remettre à arpenter les rayons.

Je restai sur place pour répondre à l'appel.

— Salut, Terese.

— Salut, comment tu vas ?

— Plutôt bien. Je fais juste les courses.

— Alors, comment ça se passe ?

— De quoi tu parles ?

Ma sœur soupira de manière audible.

— T'avais un rendez-vous avec ton médecin. T'étais censée commencer ton traitement. Comment ça se passe ?

— Tout va bien.

C'était le cas. Enfin, Quinn avait dit que tout allait bien se passer, alors je n'avais pas de raison de dire autre chose.

— Diego a mentionné que tu t'étais encore évanouie.

— C'est pas vrai... C'est pour ça que tu m'appelles ?

— Oui, rétorqua vivement ma sœur.

— Ce n'est rien de grave. Ce jour-là, j'ai juste fait de l'hypoglycémie. Je vais bien, d'accord ?

Ma sœur resta silencieuse un instant avant de dire :

— D'accord, j'ai compris. T'as toujours été une dure à cuire.

— Qu'est-ce que tu veux dire par là ? rétorquai-je, déjà sur la défensive.

— Je dis juste qu'en tant que petite sœur, tu t'es toujours sentie obligée de jouer les dures.

Je levai les yeux au ciel, même si elle ne pouvait pas me voir.

— Si tu le dis. Bref, tu veux savoir autre chose ?

Je pris un paquet de crackers et je commençai à me diriger vers le rayon des fromages.

— En plus de prendre de tes nouvelles, je voulais t'informer que tante Sherry est décédée.

— Oh non ! Je suis désolée. Je ne savais même pas qu'elle était malade. C'était inattendu ? Je l'ai vue pas plus tard que l'été dernier quand je suis descendue pour une visite.

— Je pense qu'elle est tout simplement morte de vieillesse, dit ma sœur. Je me suis dit que je devais te mettre au courant.

— Tu penses que je devrais venir pour l'enterrement ?

Il s'agissait de notre tante qui n'avait pas d'enfants. C'était la tante préférée de tout le monde, même si on ne la voyait pas trop souvent parce qu'elle vivait à plus d'une heure de route de notre ville natale.

— Si tu veux. Je vais prévenir Diego ensuite, mais je suppose qu'il ne pourra pas venir. Je sais à quel point son programme de vols est chargé en été. Tiens-moi au courant si tu décides de prendre l'avion pour venir chez nous. On serait ravies de te voir.

— Ça marche, je n'y manquerai pas. Merci d'avoir appelé.

— Je t'aime, répondit-elle.

— Je t'aime encore plus, renchéris-je.

Nous raccrochâmes en riant. C'était un raccourci pour nous.

Après avoir terminé mes courses, je décidai de m'arrêter au Misty Mountain Café. Je n'aimais pas l'admettre, mais passer trop de temps seule ne m'aidait en rien. J'envisageai de me rendre auprès de ma famille pour l'enterrement de ma tante. Lui rendre hommage, voir mes proches... et peut-être oublier Grant au passage. Mon esprit n'arrêtait pas de penser à lui. Je me répétais que je n'avais pas à être jalouse de Layla, mais c'était quand même absurde qu'il l'ait vue dans un putain de bar et qu'il lui ait dit qu'il partait pour deux semaines. Et malgré tout, il n'avait même pas pris la peine de me le dire. Je me sentis trahie, avant de me rendre compte que ma réaction était puérile.

Quand j'entrai dans le café, il y avait du monde, ce dont j'étais ravie. Cammi était mon amie et je voulais voir son commerce prospérer. J'étais contente de voir qu'elle travaillait au comptoir. Elle prépara en vitesse les commandes des clients qui me précédaient. En quelques minutes, j'étais déjà devant la caisse.

— Salut ! dit-elle avec un sourire radieux.

— Salut, j'avais envie d'un café cet après-midi.

— Tu devrais aller au cours de yoga ce soir, suggéra-t-elle.

— Oh, pourquoi ?

— Gemma va inaugurer un nouveau cours de *hot yoga*. J'ai hâte d'y être.

— Oh. J'en ai entendu parler, mais je n'ai jamais essayé.

— J'adore transpirer, dit Cammi. Peut-être parce que j'ai grandi en Alaska et que même les étés ici ne sont pas si chauds.

Je gloussai. Je passai ma commande, puis j'attendis que Cammi prépare mon café.

— J'imagine que t'es toute seule à la maison du personnel, puisque Cat est occupée avec sa pièce de théâtre et que Grant est parti pour deux semaines.

— Comment tu sais que Grant est parti ? demandai-je après avoir marqué un temps d'arrêt.

— Il m'a dit qu'il allait partir pour une longue excursion, dit-elle lentement. Et Elias en a aussi parlé.

Je sentis mes narines se dilater au moment d'inspirer.

— Tout le monde était au courant sauf moi, finis-je par lâcher.

— Tout va bien entre vous deux ?

— On s'est disputés, mais ce n'est pas grave. Je pense que c'est pour le mieux.

— Qu'est-ce qui est pour le mieux ? Le fait que vous vous soyez disputés ?

Je levai les yeux au ciel.

— Non, le fait que Grant est parti pour deux semaines. Il n'a même pas pris la peine de me le dire. Je pense que la moindre des choses aurait été de prévenir sa coloc.

Cammi m'observa sans mot dire.

— Attends une minute.

Elle posa mon café sur le comptoir, puis se retourna avant de se rendre à l'arrière de son café. Un moment plus tard, une adolescente apparut, s'époussetant les mains sur son tablier et se rinçant les mains dans l'évier. Elle se retourna et m'adressa un sourire poli.

— Je peux vous aider ?

— Oh, j'ai déjà mon café.

Cammi apparut derrière elle.

— Suis-moi à l'arrière. Il faut qu'on parle.

— À l'arrière ?

— Oui, je suis la propriétaire de ce café.

Elle me fit signe de venir derrière le comptoir. Elle souleva une partie du comptoir à l'endroit où il était fixé et je la suivis à l'arrière, là où je n'étais encore jamais allée. Mon regard fit le tour de la pièce. Même ici, l'atmosphère était gaie et chaleureuse. Une grande table en acier inoxydable trônait au milieu de la pièce.

— Qu'est-ce que tu prépares de bon aujourd'hui ? demandai-je.

— Oh, je fais tous les préparatifs le matin. Assieds-toi, dit-elle en tapotant un tabouret.

Une fois que je me fus assise, elle prit place sur un tabouret à côté de moi. Elle prit une gorgée d'une tasse posée sur la table. Après l'avoir reposée, elle commenta :

— J'avais besoin d'une pause. Tu veux de la pizza ?

Avant que je puisse répondre, elle se précipita vers l'un des fours et y jeta un coup d'œil.

— Je fais des mini-pizzas.

— J'adore les pizzas. C'est un repas équilibré, plaisantai-je.

Elle sourit et sortit une pizza du four.

— Ooh, c'est une pizza au pepperoni ?

— Oui, je propose ça et quelques options végétariennes.

Quelques minutes plus tard, je lui jetai un coup d'œil.

— Cammi, tout ce que tu fais est délicieux.

Ses yeux bleus pétillèrent lorsqu'elle me sourit avant de dire :

— Bref, qu'est-ce qui t'arrive ? Tu es contrariée parce que Grant ne t'avait pas prévenue qu'il allait s'absenter ?

— J'aurais bien aimé le savoir, dis-je après avoir fini de mâcher.

— Au fait, pourquoi vous vous étiez disputés ?

Je soupirai, sachant que j'allais devoir tout lui expliquer.

— J'ai un problème au cœur.

Après lui avoir rapidement résumé mon problème, je conclus :

— Ce n'est rien de grave. C'est tout à fait soignable. Bref, il s'est mis en colère contre moi parce qu'il pensait que je le lui avais caché. Cat m'a appris l'autre soir que les questions de santé sont un sujet sensible pour lui.

Cammi hocha la tête d'un air entendu.

— Parce que leur mère est morte d'une maladie non diagnostiquée. Je pense qu'il s'en veut d'être parti étudier à Anchorage.

— Ce n'est pas sa faute, protestai-je.

— On est bien d'accord, dit-elle en levant une main et en la laissant retomber. Mais le deuil n'a pas toujours de sens. Le deuil est émotionnel, les vieilles habitudes ont la vie dure, tout ça. La logique n'entre pas en ligne de compte. Elias pense que Grant t'aime beaucoup.

— Comment il le saurait ?

— Elias est assez perspicace. Il est discret, mais dangereux.

— Dangereux ?

Elle gloussa.

— C'est un tendre, mais il comprend vite ce qui se passe.

Apparemment, les gars ont pris un verre au Sally's l'autre soir, et l'un des plans cul habituels de Grant n'arrivait pas à le séduire malgré tous ses efforts.

À ce moment-là, je ressentis un petit frisson qui n'avait pas lieu d'être.

— Qu'est-ce que tu ressens pour lui ? demanda-t-elle.

Je terminai une part de pizza. Après avoir avalé, je haussai les épaules.

— Je ne pensais pas que je tomberais vraiment amoureuse de lui. Je m'étais dit qu'on allait s'amuser un peu, sans aller plus loin.

— Quels sont tes antécédents en matière de relations ? demanda-t-elle.

— Hein ?

— Tu sais très bien ce que je veux dire. Lorsque j'ai rencontré Elias, je m'étais déjà brûlé les ailes. Mais si tu rencontres la bonne personne, tu peux franchir ce cap.

— Je ne sais pas. Le dernier mec avec qui je sortais couchait avec ma coloc. Et avant ça, le copain de ma sœur aînée m'a draguée quand j'avais seize ans. Il avait plus de dix ans de plus que moi, dis-je en faisant la grimace.

Cammi écarquilla les yeux. Je poursuivis :

— Écoute, c'était glauque, mais ma sœur l'a ensuite largué, et mon ex n'a pas réussi à me briser le cœur. Bref, en résumé, j'ai appris à qui je ne pouvais pas faire confiance.

— Je vois, dit-elle simplement. Tu as l'air d'être une personne qui ne baisse pas facilement sa garde.

Je me sentis instantanément irritée par sa remarque, même si je savais qu'elle n'avait pas tort.

— Qu'est-ce que tu veux dire ?

— On est tous différents et on a tous des expériences différentes. Tu sembles très indépendante, et ce n'est pas une mauvaise chose. Les femmes n'ont pas la vie facile dans ce monde. Ça suffit pour qu'une femme soit sur ses gardes, et c'est sans compter les connards comme ton ex ou les pervers comme l'ex de ta sœur.

Je me dis que c'était peut-être simplement cela. En tant que benjamine, j'avais l'impression d'avoir passé mon enfance à batailler pour prouver que j'étais une dure à cuire, pas celle à qui tout le monde dictait sa conduite. Il était également possible que je fusse légèrement têtue et que je détestasse qu'on me traite toujours comme un bébé.

Je me rendis compte que Cammi attendait que je dise quelque chose.

— Je suppose que je suis effectivement quelqu'un d'indépendant.

— Quand ton intuition te souffle que quelque chose est bien, écoute-la. Et ça peut paraître bizarre, mais quand c'est bien, c'est aussi effrayant.

— Qu'est-ce que tu veux dire ? demandai-je tandis que mon pouls s'accélérait.

— Pas effrayant dans le mauvais sens du terme, mais parce que c'est important. C'est une chose d'apprécier quelqu'un et de finir par rompre. Mais aimer quelqu'un, c'est autre chose.

Je savais précisément ce qu'elle voulait dire. Le sale coup de mon ex avait piqué mon orgueil, mais n'avait pas brisé mon cœur.

— Grant est un mec bien.

— Je sais, dis-je en soupirant. Mais j'aurais aimé qu'il me dise qu'il allait s'absenter.

— Tu lui as au moins laissé une chance de te le dire ?

Sa question me blessa, même si je savais qu'elle ne l'avait pas fait exprès. Je sentis le rouge me monter aux joues.

— Peut-être pas, murmurai-je.

Cammi me sourit chaleureusement, tendit la main et serra mon épaule.

— Il va vite revenir, et vous pourrez en parler à ce moment-là.

Quelqu'un l'appela depuis le comptoir.

— Je devrais probablement y retourner.

— Oui, tu devrais. Merci, dis-je alors que nous nous levions toutes les deux.

— Pour quoi ?

— Parce que tu es mon amie.

Elle sourit et me serra rapidement dans ses bras. En retournant vers l'auberge, je décidai d'aller à l'enterrement de ma tante. Grant était parti, alors je n'avais rien de mieux à faire.

Chapitre Vingt-Huit

GRANT

Je m'appuyai sur la rambarde de la passerelle alors que le bruit d'un torrent remplissait l'air. J'avais conduit en avion un groupe de touristes aux chutes de Brooks, dans le parc national et la réserve naturelle de Katmai. Cette région était devenue célèbre grâce à une vidéo en direct montrant les énormes ours bruns qui se nourrissaient de saumon ici. Bien entendu, c'était aussi un endroit d'une beauté à couper le souffle. Pour ma part, j'avais déjà vu assez d'ours à mon goût et je préférais rester à une distance respectable.

— Salut, Grant, lança une voix féminine.

Je me retournai et vis Lacey Haynes s'approcher.

— Salut, Lacey. Qu'est-ce que tu fais ici ? demandai-je.

— À ton avis, qu'est-ce que je fais ici ? ironisa-t-elle en s'arrêtant à côté de moi.

Je lui souris. Lacey était une guide de nature très douée, et accessoirement la femme de Quinn Haynes.

— Je croyais que tu étais enceinte, précisai-je.

— C'est le cas, répondit-elle avec un sourire. Mais je peux encore faire de la randonnée. C'est ma dernière excursion avant de rester à Diamond Creek.

Avec ses cheveux auburn et ses yeux verts pétillants, Lacey possédait une beauté éclatante.

— Tu vas rester ici combien de temps ? demanda-t-elle.

— Oh, j'ai tout un groupe de touristes avec moi. On va s'arrêter ici pour la nuit, puis je les conduirai en avion à un autre endroit. Ils veulent pêcher et tout le tralala, alors j'aurai encore quelques petits trajets à faire.

Les courts vols en avion étaient monnaie courante pour les touristes désireux de voir la nature en Alaska, puisque la majeure partie de l'État n'était accessible que par bateau ou par avion.

— Mais ici, c'est pas vraiment la porte à côté, commenta-t-elle.

— C'est vrai, gloussai-je.

Elle posa ses coudes sur la rambarde et nous observâmes un ours brun attraper un saumon directement dans sa gueule.

— Au fait, ça se passe comment avec Harley ?

La question de Lacey me prit de court.

— Pardon ?

— Vous n'êtes pas ensemble ? demanda-t-elle en faisant un signe de la main en l'air.

— Comment ça, « ensemble » ?

— Arrête ton cinéma, Grant. Je pense que tu vois très bien ce que je veux dire.

Je glissai ma langue contre ma joue et secouai la tête.

— Bon, d'accord. C'est vrai qu'on était plus ou moins ensemble. Mais ensuite, on s'est disputés. Du coup, je ne sais pas vraiment où on en est pour le moment, répondis-je sincèrement.

— Pourquoi vous vous êtes disputés ?

— Tu es toujours aussi curieuse ? demandai-je.

— Grant, on est dans le trou du cul de l'Alaska. Le groupe que j'ai amené est parti en randonnée pour la journée et je suis venue ici pour tuer le temps. Autant en profiter pour discuter de quelque chose de croustillant.

Je gloussai.

— Tu marques un point. En fait, elle a un problème

cardiaque et elle ne m'a pas vraiment tenu au courant. Il se peut que j'aie réagi de façon excessive.

— « Il se peut » ? J'en déduis que c'est le cas, dit-elle d'un ton pince-sans-rire.

Je me retins de soupirer.

— C'est à cause de ta mère ?

Lacey avait grandi à Diamond Creek, elle connaissait donc l'histoire de ma famille.

— Peut-être que je m'inquiète plus des problèmes de santé que la moyenne des gens.

— Oui. Comme Quinn.

— C'est son travail, il est médecin, fis-je sèchement remarquer.

— Ce n'est pas ce que je voulais dire. Je suis atteinte de sclérose en plaques, alors il s'inquiète encore plus pour moi. Ta mère est morte d'un problème cardiaque non diagnostiqué, alors tu t'inquiètes davantage pour les gens que tu aimes. Une fois que quelque chose comme ça arrive, ça devient un réflexe.

En observant la rivière, je vis un ours se pencher, s'emparer d'un saumon d'un coup de patte et le dévorer sur la rive.

— Je suppose que tu n'as pas tort, dis-je finalement.

— Est-ce que Harley le sait ?

— Oui, je crois.

— Elle est indépendante, déclara Lacey.

— Tu sembles bien la connaître, répondis-je.

— On reconnaît facilement ses semblables, dit-elle en haussant les épaules.

— Ah, je vois, dis-je en riant un peu.

— Quinn et moi sommes ensemble depuis des années. Il n'est toujours pas content de mon choix de carrière.

— Il ne travaillait pas en tant que guide avec toi à l'époque ?

— Si, et ça lui arrive encore de faire ça de temps en temps, mais il préfère que je reste près de chez nous. Ça m'arrive de m'absenter et il a appris à vivre avec. On a un plan pour les situations d'urgence et ma sclérose en plaques est sous contrôle. Mais je comprends. Certains d'entre nous ont la santé fragile, et nos proches doivent faire avec.

Dès qu'elle prononça ces mots, mon cœur tambourina dans ma poitrine, résonnant contre mes côtes.

— T'es allergique à l'idée de l'amour, hein ? lâcha-t-elle.

— Oh, ne commence pas avec ça, Lacey.

Elle sourit.

— On dirait que tu tiens vraiment à Harley. Sans vouloir te juger, les relations sérieuses n'ont pas trop l'air d'être ton truc. Enfin, pas que je sache.

Je demeurai silencieux, sachant qu'elle n'avait pas tort. Pendant longtemps, je ne m'y étais pas intéressé, ayant d'autres priorités.

— Ce n'est qu'une impression, mais je pense que toi et Harley pourriez former un beau couple, ajouta-t-elle.

— Tu crois ?

— Oui. Tu n'es pas du genre à te laisser effrayer par une femme indépendante, déclara-t-elle en hochant vigoureusement la tête.

Harley dégageait un sentiment d'indépendance, d'audace, comme si elle défiait quiconque de la remettre en question. Je repensai au soir où je l'avais embrassée pour la toute première fois, après qu'elle eut chassé un orignal avec une pelle et une pierre.

— Non, ça ne me fait pas peur, convins-je.

— Alors dis à Harley ce que tu ressens, insista Lacey.

— Je ne peux pas vraiment faire ça pour l'instant. Il y a peu de moyens de communication pratiques par ici.

— Dès que tu seras rentré, alors.

Je digérai tout ce qu'elle venait de me dire.

— C'était une conversation inattendue, dis-je finalement.

— Une conversation profonde avec Lacey Haynes en pleine nature, ironisa-t-elle.

Sa remarque me fit rire aux éclats.

— Tu marques un point. Au fait, la naissance est prévue pour quand ?

— Dans cinq mois. Comme je l'ai dit, Quinn et moi devons parfois faire des compromis. Je lui ai dit que c'était mon dernier voyage de ce genre, alors je tiendrai parole. Mais je fais beaucoup de choses sans me déplacer. Je m'occupe surtout de la gestion ces jours-ci. Je ne sers pas souvent de guide pour des randonnées, mais j'aime bien voir autre chose.

— T'es déjà venue ici un nombre incalculable de fois, fis-je remarquer.

— Je sais, et j'adore ça. Chaque fois que je regarde ça...

Elle fit un geste en direction de la rivière. Un ours brun se trouvait au milieu d'une chute d'eau, et deux de ses congénères se prélassaient sur les berges de la rivière. Elle leva la main plus haut, faisant un geste vers la crête de la montagne au loin, avant de poursuivre :

— C'est l'Alaska, tout simplement. Cette région ne manque jamais de me couper le souffle.

— C'est clair.

Nous nous sourîmes l'un à l'autre. Un instant plus tard, un corbeau vola devant nous, le battement de ses ailes résonnant dans l'air.

Chapitre Vingt-Neuf

GRANT

Je repensai au conseil de Lacey une semaine plus tard. J'avais eu beaucoup de temps pour réfléchir. Harley me manquait beaucoup et je savais que je l'aimais. Il fallait juste que je le lui dise.

L'excursion se déroulait sans encombre, la météo étant clémente. Nous étions déjà à la dernière escale, à Kodiak. Il y avait les ours bruns, et puis il y avait les ours bruns de Kodiak. Ces derniers étaient une sous-espèce unique. Comptant parmi les plus gros ours du monde, ils étaient isolés des autres ours, vivant sur les îles de l'archipel de Kodiak depuis plus de 12 000 ans. Il n'y avait pas d'autre façon de le dire : ils étaient gigantesques.

Après avoir atterri à Kodiak, j'emmenai le groupe de touristes dans un *bed and breakfast* de la ville, je m'installai dans ma chambre, puis je sortis dîner. L'un des avantages de voler dans tout le centre-sud de l'Alaska était que j'avais des amis partout. L'Alaska était immense, mais le mode de vie local tendait à rapprocher ses habitants. Je n'avais pas besoin de voir très souvent le barman du pub local pour que nous restions amis. La propriétaire du *bed and breakfast* me connaissait également bien. Nana était comme une grand-mère pour moi, même si je ne l'avais vue qu'une ou deux fois par an pendant toutes ces années passées à piloter. Elle avait pris l'habitude de tendre la main pour me tapoter la tête, ce qui me faisait toujours rire.

— Allez, ne rentre pas trop tard.

Comme pour me le rappeler, elle tendit la main et me tapota la tête.

Je lui souris. Elle insistait pour que tout le monde l'appelle Nana. Je ne savais même pas si elle avait un autre nom.

— Je ne rentrerai pas tard. J'ai un vol tôt demain.

— Fais attention en te baladant en ville. Pour info, on y a aperçu quelques ours ces derniers temps.

— Je fais toujours attention, répondis-je.

Il y avait dix minutes de marche jusqu'à la ville. Après avoir dîné, j'étais sur le chemin du retour lorsque j'entendis un cri humain tout près. Je me mis à trottiner et je sortis le spray anti-ours que je conservais dans mon pantalon de treillis.

Juste après avoir entendu un autre cri, je tournai au coin de la route. Le soleil venait de se coucher, mais j'aperçus malgré tout deux oursons perchés sur une petite pente et la maman ours debout au-dessus d'un homme recroquevillé sur le sol au bord de la route.

— Merde, marmonnai-je pour moi-même.

Je me décalai et sortis mon arme de poing de son harnais. Je jetai un coup d'œil autour de moi pour m'assurer qu'il n'y avait personne à proximité avant de tirer un coup en l'air. La maman ours tourna son attention vers moi et s'approcha rapidement. Les ours étaient grands et lourds, mais la vitesse à laquelle ils pouvaient se déplacer m'étonnait toujours.

Je l'aspergeai de spray anti-ours, préférant ne pas lui tirer dessus parce qu'elle avait deux petits et qu'ils avaient besoin d'elle. Elle s'arrêta à une certaine distance, mais elle recommença à se diriger vers moi. Je la visai, mais je manquai ma cible. Elle me lacéra la jambe avec ses griffes, comme un chat s'acharnant sur un jouet. À mon grand soulagement, elle décampa aussitôt avec ses petits sur ses talons.

Ma cuisse me faisait un mal de chien. Je boitai jusqu'à

l'homme tout en surveillant la direction qu'avait prise l'ours. Elle et ses petits disparurent parmi les arbres.

— Ça va ? demandai-je une fois près de l'homme.

Il cessa lentement de se recroqueviller et s'assit par terre. Je vis le sang qui coulait sur son épaule.

— Elle est brusquement sortie des arbres, marmonna-t-il, semblant désorienté et souffrant.

Je sortis mon portable. Heureusement pour nous, il y avait du réseau ici. J'avais envisagé d'appeler Harley depuis que nous avions atterri. Au lieu de cela, j'appelai les services d'urgence et j'attendis avec ce type sur le bord de la route.

Une heure ou deux plus tard, j'étais à l'accueil des urgences.

— Vous pourriez me redire votre numéro d'assurance ?

Je jetai un coup d'œil à la femme derrière le bureau.

— Écoutez, je n'en sais foutrement rien et je n'ai pas ma carte sur moi. Attendez, laissez-moi appeler mon travail.

Un instant plus tard, je collai mon portable à l'oreille en écoutant la sonnerie. Je commençai à penser que Daphné n'était peut-être pas là, mais elle finit par répondre :

— Allô ?

Une vague de soulagement m'envahit.

— Salut, Daphné. C'est Grant.

— Salut, pourquoi tu m'appelles ?

— Eh bien, je suis à Kodiak, et c'est tant mieux, parce que je suis à l'hosto.

— Quoi ?! s'exclama-t-elle.

— Je vais bien. Une ourse m'a griffé la jambe. On m'a déjà fait des points de suture, mais je ne trouve pas ma carte d'assurance.

— T'es sûr que ça va ? demanda-t-elle avec insistance.

— Ça fait un mal de chien, mais oui, je vais bien.

La réceptionniste écarquilla les yeux. Je haussai les épaules.

— Je vais passer mon portable à cette gentille dame qui essaie de me donner mes papiers de sortie.

— Grant, j'ai encore plein de questions à te poser, prévint Daphné.

— Je sais, mais chaque chose en son temps.

Je jetai un coup d'œil au badge de la femme.

— Tiens, je te passe Linda.

Je souris à Linda avant d'ajouter :

— Linda, c'est Daphné au téléphone.

Je lui tendis mon portable. Linda posa quelques questions à Daphné tout en tapant rapidement sur son clavier d'ordinateur.

— C'est de nouveau moi, annonçai-je au téléphone quelques instants plus tard.

— Grant ! Tu m'as fait peur, dit Daphné.

— Je vais bien.

— T'es dans un lit d'hôpital ?

— Non, je m'apprête déjà à sortir. Je boite juste un peu.

— Qu'est-ce qui s'est passé, bon sang ?

— Heureusement pour moi, Nana, la proprio du *bed and breakfast* où je loge, m'avait prévenu que des ours avaient été aperçus en ville, alors j'avais pris mon spray anti-ours et mon pistolet. J'ai évité le pire. Un type marchait devant moi avant que je ne le voie et a effrayé une maman ours brun et ses deux petits. Elle lui a lacéré l'épaule et il risque d'avoir des séquelles durables. Je l'ai aspergée de spray anti-ours avant de lui tirer dessus, mais j'ai raté mon coup. Elle m'a donné un coup de griffe sur la jambe quand elle est passée devant moi, puis elle s'est enfuie.

— Grant !

— Quoi ? Je vais bien. Promis juré.

L'adrénaline coulait encore dans mes veines après ce face-à-face, mais ma jambe me lançait.

— Les médecins ont désinfecté ma plaie et ont recousu l'entaille la plus profonde, expliquai-je.

— Bon sang, souffla Daphné. Je sais qu'il y a des ours ici, et j'en ai déjà vu de loin, mais je n'aime pas penser à ça.

Elle renifla.

— Tu pleures ?

— Oui. Je tiens à toi. Tu es comme un frère pour moi, répondit-elle, la voix tremblante.

Je cessai aussitôt de plaisanter à ce sujet.

— Hé, Daphné, je vais vraiment bien. Je comptais t'appeler après être sorti de l'hôpital, mais je n'ai pas trouvé ma carte d'assurance, alors j'ai dû t'appeler plus tôt. Où est Flynn ?

— Je ne sais pas. Il dîne avec les autres mecs en ville, dit-elle entre deux reniflements.

— D'accord. Dis-lui de m'appeler quand il sera là-bas. Je te promets que je vais bien. Je peux demander au médecin de t'appeler.

— Non, je te crois. Mais toi et les autres n'avez pas le droit de me faire peur comme ça.

— Hé, je n'essayais pas de te faire peur.

— Mais tu m'as quand même fait peur, dit-elle d'un ton ferme. J'ai ta permission de le dire à tout le monde ?

— Dis-le à tous ceux que tu veux. Tu peux même embellir l'histoire, pour que les gens pensent que je suis un vrai dur à cuire. J'ai chassé l'ourse et j'ai sauvé l'autre homme en ne récoltant qu'une petite égratignure. En guise de souvenir, tu sais, plaisantai-je.

— Bon sang, tu es impossible. Je n'arrive pas à croire que tu prennes ça à la légère.

— Ça me fait penser... T'as toujours un spray anti-ours sur toi quand tu te balades seule, pas vrai ?

— Bien sûr que oui. Flynn ne me laisse aller nulle part sans en emporter.

— Je pense qu'il faut aussi prévoir des leçons de tir.

— Quoi ? couina-t-elle.

— Oui, il est temps pour Cat d'en apprendre plus sur le maniement d'une arme à feu, alors autant que tu apprennes aussi. Ça nous sera utile si jamais on tombe nez à nez avec un ours chez nous. Tu n'as pas besoin de te balader avec une arme partout où tu vas, mais tu dois l'avoir à portée de main.

— Grant, ce que tu dis ne fait rien pour me rassurer, prévint-elle.

— On en reparlera à mon retour. Au fait, tu peux me rendre un service ?

— Bien sûr, tu sais que je ferai tout ce que tu me demandes.

— Appelle Harley ou Diego. Dis-leur ce qui s'est passé.

— Harley n'est pas en ville.

Mon estomac se retourna.

— Quoi ?

Daphné laissa échapper un léger soupir.

— Leur tante est décédée. Elle et Diego sont allés là-bas pour l'enterrement, mais il est déjà de retour.

— Tu sais quand elle reviendra ?

— Non. Diego m'a juste dit qu'elle avait décidé de rester un peu plus longtemps. Je sais que tu es amoureux d'elle, mais pourquoi tu t'en soucies ? demanda-t-elle.

Daphné avait des opinions sur les relations de ses amis. Je pouvais pratiquement la voir lever le menton et me regarder en plissant les yeux.

— Comment ça, pourquoi je m'en soucie ? Bien sûr que je m'en soucie.

J'ignorai la partie où elle avait dit que j'étais amoureux de Harley. J'étais *bel et bien* amoureux de Harley, mais je n'étais pas prêt à en parler.

— Je dis ça parce que tu es parti pendant deux semaines sans la prévenir de ton absence.

Je serrai les dents et soufflai bruyamment.

— Tu sais bien que je voulais le lui dire.

— Ne te fous pas de moi. Tu as délibérément choisi de ne rien lui dire. Tout le monde le savait sauf Harley, et vous êtes colocataires.

— Je sais qu'on est colocataires, martelai-je, la mâchoire toujours serrée.

— Je vais l'appeler de ta part. En attendant, je te suggère de réfléchir à ce que tu ressens pour elle.

Je me sentais comme un enfant réprimandé par sa maîtresse d'école.

— Bon sang, Daphné, je viens de me faire attaquer par un ours.

— Oh, tout d'un coup, tu prends ça au sérieux. Tu viens pourtant de me dire que ce n'était rien de grave.

Elle m'avait coincé.

— D'accord, d'accord.

— Pourquoi tu ne l'appelles pas toi-même ? Manifestement, t'as du réseau, fit-elle remarquer.

J'inspirai un grand coup.

— Oui, c'est vrai. Je vais essayer de l'appeler, mais ça ne capte pas toujours très bien ici, tu sais ?

— Oh, c'est vrai ? Je t'entends pourtant très bien. Tu pourrais l'appeler tout de suite.

— Je pourrais essayer.

— Je l'appellerai quand même pour qu'elle soit au courant. Du coup, tu comptes rentrer quand ?

— Eh bien, le planning prévoit que je rentre dans deux jours.

— Mais tu t'es fait attaquer par un ours.

— Oui, et j'ai déjà reçu des points de suture. Je boite, mais je peux encore piloter un avion.

— T'es sérieux, là ?

— Oui, tout à fait.

— Argh. Parfois, il y a trop de durs à cuire par ici, marmonna-t-elle.

Je ris doucement.

— Je t'adore, Daph. On se voit à mon retour.

Je regardai fixement le portable. Mon cœur se mit à battre la chamade, comme un grondement de tonnerre résonnant dans mon corps.

Daphné avait tout à fait raison. J'avais sciemment évité d'informer Harley de mon absence prolongée. Je ne voulais tout simplement pas lui en parler. Je l'aimais, bordel.

J'ouvris mon application de messagerie, je cherchai notre dernière conversation et j'appuyai sur le bouton d'appel. Je n'avais pas besoin d'être lâche à ce sujet. Plus maintenant.

J'étais tellement nerveux que mon pouls s'emballait. Lorsque sa messagerie vocale s'enclencha, je crus pendant une fraction de seconde qu'elle m'avait répondu, et je retins mon souffle. « Salut, c'est Harley. Tu sais quoi faire. »

Lorsque j'entendis le bip, j'hésitai une longue seconde avant de dire : « Salut, Harley. C'est Grant. Je suis désolé pour ta tante. J'aimerais te parler bientôt. »

Mes lèvres tremblaient tant j'avais envie de lui dire que je l'aimais, mais je n'étais pas sûr d'en être arrivé au stade où c'était envisageable. Je raccrochai, me sentant stupide. Quand je baissai à nouveau les yeux sur mon portable, je faillis la rappeler, mais je n'en fis rien.

Chapitre Trente

HARLEY

Je réécoutai le message de Grant, retenant mon souffle pendant sa longue hésitation à la fin, et je me demandai quelle mouche l'avait piqué. Mon estomac se noua et mon cœur battit la chamade d'impatience nerveuse.

Il me manquait tellement que mon cœur palpitait d'une douleur sourde.

Alors que je fixais l'écran, mon portable vibra de nouveau dans ma main. Je jetai un coup d'œil et vis le nom de Daphné apparaître.

« Bizarre, » pensai-je en faisant glisser mon pouce sur l'écran pour répondre.

— Salut, quoi de neuf ?

— Salut, c'est Daphné.

— Je sais, fis-je remarquer.

— Oh.

Elle marqua un temps d'arrêt plus long que prévu.

— Je suppose que tu m'appelles pour une raison précise, dis-je.

— Euh... commença-t-elle avant de s'interrompre à nouveau.

— Daphné, qu'est-ce qui se passe, enfin ?

— Grant m'a demandé de te dire que tout va bien.

— Il t'a demandé de m'appeler pour me dire que tout va bien ?

— Eh bien, il s'est fait attaquer par un ours.

— Quoi ?! m'exclamai-je.

— Oui, c'est aussi la réaction que j'ai eue, dit-elle calmement. On ne l'a pas encore vu. Il est à Kodiak. Tout ce qu'on sait, c'est qu'il rentrait à pied au *bed and breakfast* où il loge, et que quelqu'un a effrayé une maman ours. Il a pulvérisé du spray anti-ours et a tiré un coup de feu, mais elle l'a frappé à la jambe.

— Oh mon Dieu, murmurai-je.

Je me souvins clairement de la taille des griffes que j'avais vues sur les ours bruns empaillés exposés à l'aéroport d'Anchorage. Je me souvins d'avoir dit à Diego, alors qu'on attendait notre vol, que je n'avais aucune envie de m'approcher davantage de l'un de ces ours.

— Tu es sûre qu'il va bien ? Est-ce que quelqu'un pourrait aller le chercher en avion ?

— Flynn lui a déjà parlé et il pense que ce n'est pas nécessaire. Je suis d'accord avec toi, je pense que quelqu'un devrait aller le chercher. Mais Grant dit qu'il va bien, tout comme le médecin, alors je ne sais pas. Il m'a juste demandé de t'appeler. Mais je suis curieuse.

— À propos de quoi ?

— C'est un peu indiscret, j'espère que ça ne te dérange pas ?

Je poussai un soupir.

— Daphné, t'es toujours indiscrète.

— Toi aussi, répliqua-t-elle.

J'étais trop inquiète pour Grant à ce moment-là pour m'en préoccuper.

— Qu'est-ce que tu veux savoir ?

— Il t'a appelée ?

— Oui, il m'a laissé un message. Mais il n'a pas mentionné qu'il s'était fait attaquer par un ours, dis-je sèchement.

— Peut-être qu'il ne voulait pas te l'annoncer par message

vocal. C'est moi qui lui ai dit de t'appeler, alors je suis contente qu'il l'ait fait.

— Tu es sûre qu'il va bien ? répétai-je.

— Je t'ai dit tout ce que je savais. Je te recommande de le rappeler. Lorsque Flynn lui a parlé, il était encore à l'hôpital en attendant d'être autorisé à sortir. Il a laissé l'une des infirmières parler à Flynn et elle lui a assuré qu'il allait bien. Elle a simplement dit qu'il risquait de ressentir quelques douleurs. Il a quelques points de suture à se faire enlever quand il sera de retour.

— Oh mon Dieu, soufflai-je.

Elle n'avait fait que me répéter ce qu'elle m'avait déjà dit, mais mes émotions étaient à leur comble. Ma gorge me faisait mal à force de retenir mes larmes et je tentai de reprendre mon souffle.

— Tu vas bien ? demanda Daphné.

J'allais tout *sauf* bien.

— Tu sais que Grant est amoureux de toi, pas vrai ?

— Comment tu sais ça ? Il te l'a dit ? demandai-je avec empressement.

— Je le sais, c'est tout. Qu'est-ce que tu ressens pour lui ?

— Je ne sais pas, avouai-je.

— Peut-être que tu devrais rentrer pour pouvoir lui parler face à face. Tu comptes revenir quand ?

— J'ai acheté mon billet de retour pour dans trois jours. Je ne suis pas partie depuis si longtemps, répondis-je, sur la défensive.

— Je n'insinuais pas que c'était le cas, dit-elle doucement. Reviens aussi vite que possible. Et prends soin de toi.

— D'accord.

Au moment où j'allais raccrocher, je demandai :

— Daphné ?

— Oui ?

— Merci de m'avoir appelée.

— De rien. Tu me manques, ma chérie. On te verra à ton retour.

Chapitre Trente-Et-Un

HARLEY

— Selon toi, comment tu te sens par rapport à ça ? demanda Terese, ma sœur aînée.

— Si je savais ce que je ressens, je ne te le demanderais pas, répondis-je en plissant les yeux.

Ma sœur se pinça les lèvres et fronça les sourcils.

— Mmm… Je pense que tu sais ce que tu ressens, mais tu fais tout pour l'éviter. Tout comme tu as évité de penser à ton problème au cœur.

— Je n'ai *pas* évité d'y penser, marmonnai-je.

Elle pencha la tête sur le côté.

— Vraiment ? Pourquoi tu n'en as parlé à aucun d'entre nous alors que tu l'as su pendant que tu vivais encore ici ?

— Parce que ce n'est pas si grave.

Elle m'observa en silence avant de se pencher et de poser ses coudes sur la table.

— Tu sais, je me plains parfois d'être l'aînée, mais j'ai toujours pensé que je n'aimerais pas être à ta place.

— Qu'est-ce que tu veux dire ?

— Dieu sait qu'on a eu de la chance de naître dans notre famille. Nos parents s'aimaient. Ils nous aimaient. On s'aime les uns les autres. Oh, on a traversé des galères, mais c'est le cas de toutes les familles. On est tous assez francs. Étant la plus jeune, j'imagine que tu as toujours eu l'impression de devoir te battre pour être entendue.

Je ris doucement.

— Parfois, j'ai l'impression que personne ne m'écoute.

— Quand on était petits, tu essayais toujours de prouver que tu étais aussi rapide que nous, aussi intelligente que nous, aussi forte que Diego.

Des larmes me piquèrent les yeux et je lui adressai un sourire contrit.

— Je suppose que oui, mais qu'est-ce qu'il y a de mal à ça ?

— Eh bien, c'est une situation difficile. Personne ne veut être confronté à un problème de santé en étant jeune. Et tu n'aimes *assurément* pas qu'on s'inquiète pour toi.

— Non, ça me rend folle.

— On t'aime, alors on a le droit de s'inquiéter.

— Je sais, et je t'aime aussi.

J'avais la gorge serrée et une chaleur désagréable me picotait la poitrine.

— Si j'avais un problème de santé aussi grave et que je te le cachais, est-ce que ça te plairait ? demanda gentiment Terese.

— Non, rétorquai-je, interloquée.

— Exactement.

— Quel est le rapport avec Grant ? demandai-je.

— C'est ton cœur, commença-t-elle.

Je levai les yeux au ciel, mais elle poursuivit :

— Ce que je veux dire, c'est que tu aimes avoir le contrôle, et tomber amoureuse est quelque chose que tu ne peux pas vraiment contrôler.

— Je n'aime pas...

Je commençai à argumenter, mais ma sœur haussa les sourcils et ses lèvres se retroussèrent en un sourire complice.

— Vraiment ? On aime tous ça dans une certaine mesure. Je dis simplement que le besoin de contrôle est très fort chez toi.

— Je suppose que oui, dis-je après avoir reniflé un coup.

— Ramène tes fesses dans cet avion et rentre plus tôt. Tu paniques parce qu'il s'est fait attaquer par un ours, on dirait une mauvaise blague.

— Il y a aussi des ours au Texas, fis-je remarquer.

— Je sais, mais ils ne sont pas aussi énormes, répliqua-t-elle. Je vais envoyer un message à Diego. Il pourra venir te chercher à l'aéroport.

— Pas besoin. Ma voiture est garée là-bas, alors je peux rentrer toute seule. Et surtout, ne le dis pas à Diego.

— Pourquoi ?

— Parce que je veux faire la surprise à Grant. Si Diego est au courant, il le répétera à quelqu'un, et garder le secret sera impossible.

— D'accord. Juste pour t'entraîner, dis-moi ce que tu ressens pour Grant.

Le regard de ma sœur était doux et compréhensif. Pour tenter de maîtriser mes émotions, je pris une grande inspiration.

— Je l'aime.

— Tu l'as dit ! s'exclama-t-elle.

— Oh mon Dieu, murmurai-je.

— Quand ça compte vraiment, ce n'est pas si facile à dire.

HARLEY

Même si j'avais avancé mon vol, je devais encore attendre un jour de plus. Chaque minute d'attente me paraissait interminable. J'envoyai plusieurs textos à Daphné pour vérifier si l'état de santé de Grant était toujours stable. Elle m'assura qu'elle lui avait parlé plus d'une fois et qu'il allait bien. Je ne lui avais même pas dit que je rentrais plus tôt. J'avais opté pour un premier vol de nuit pour pouvoir dormir. Sauf que je n'arrivais *jamais* à fermer l'œil en avion. J'enviais les gens qui en étaient capables.

Lorsqu'Anchorage apparut dans mon champ de vision en fin d'après-midi, j'étais grincheuse et fatiguée alors que notre avion atterrissait. La vue était à couper le souffle, le soleil de l'après-midi baignant les montagnes de nuances dorées et argentées.

À peine arrivée, j'étais déjà nerveuse. Et je devais encore attendre plusieurs heures avant de pouvoir voir Grant, car j'avais désormais de la route à faire. Ma voiture était à l'aéroport, mais je me dis que ce n'était peut-être pas aussi malin que je l'avais cru, parce que j'étais épuisée. Mais j'étais aussi têtue, et je ne voulais pas attendre plus longtemps. Je montai dans ma voiture et commençai à conduire. La dernière chose dont je me souvins fut le craquement du métal et un choc violent.

Mes yeux s'ouvrirent brusquement et le son de mon cri résonna autour de moi.

Chapitre Trente-Trois

GRANT

Flynn sourit en s'approchant de moi à l'intérieur du hangar à avions. Dès qu'il s'arrêta devant moi, il me serra dans ses bras. Ensuite, il s'éloigna avant de déclarer :

— T'as l'air en forme. T'as dû prendre une douche ce matin.

Je ris doucement.

— Oui, j'ai séjourné chez Nana. Elle a un grand réservoir d'eau chaude.

Lors de nos excursions les plus longues, nous nous rendions souvent dans des régions moins développées. Par conséquent, les douches chaudes et les bons petits plats n'étaient pas toujours une option. Cela ne me dérangeait pas, mais j'avais apprécié de terminer l'excursion dans un endroit offrant plus de confort.

— Comment ça va ? Et comment va ta jambe ? demanda-t-il en baissant les yeux. Je ne vois rien, mec.

Je ris doucement.

— J'ai une rangée de points de suture sur la cuisse. Ça aurait pu être pire, mais ça fait un mal de chien, dis-je sincèrement.

— C'est grave à quel point ?

— Oh, cette ourse ne m'a pas loupé. Mais une seule entaille a nécessité des points de suture. Le médecin a dit qu'il était plus important de nettoyer la zone que de faire des points de suture.

Ils étaient plus inquiets au sujet de l'autre type. Il a pris beaucoup plus cher.

— Ah oui ?

— Il aura des douleurs à l'épaule toute sa vie. Il a quelques ligaments déchirés.

— Mince alors, je parie qu'il est content que tu sois passé par là, commenta Flynn.

— Moi, je suis surtout content que Nana ait mentionné qu'il y avait des ours dans les parages. Je n'ai pas toujours mon arme ou mon spray anti-ours sur moi lorsque je me promène en ville.

Flynn secoua lentement la tête.

— Sans blague, moi non plus.

Il m'aida avec l'avion, puis nous fermâmes le hangar avant de sortir.

— Comment s'est passée l'excursion dans l'ensemble ?

— Plutôt bien, mis à part l'ours.

Mon frère aîné me regarda longuement avant de me prendre dans ses bras. Ma gorge était serrée quand il recula.

— Tu nous as fichu une sacrée trouille.

— Je ne voulais pas. Je suis en un seul morceau, je te jure, répondis-je d'une voix rauque.

———

Ce soir-là, au dîner, la présence de Harley à table me manqua. Une fois les clients partis, il ne restait plus que Flynn, Daphné, Nora, Gabriel et moi. Cat était à sa répétition de théâtre.

— Quelqu'un veut une bière ? demanda Gabriel en brandissant la sienne.

— Non merci, je suis crevé, dis-je en secouant la tête.

— Comme tu veux, répondit-il en prenant place à table.

— Quand est-ce qu'on te retire tes points de suture ? demanda Nora.

— Ils ont dit dans deux semaines. L'infirmière de l'hôpital de Kodiak a déjà programmé un suivi avec Quinn. Il s'en occupera.

— T'es un sacré veinard, tu sais ? intervint à nouveau Gabriel.

— Oui, je sais. Honnêtement, je n'ai pas l'habitude de me promener en ville avec mon flingue et mon spray anti-ours, mais Nana m'avait dit que des ours avaient été aperçus en ville, alors je n'ai pas voulu prendre de risques. Heureusement pour moi.

Daphné jeta un coup d'œil à Flynn.

— Je ne t'en ai pas encore parlé, mais Grant pense que je devrais m'entraîner au tir.

— Oui, c'est vrai, acquiesça Flynn.

Daphné écarquilla les yeux, la bouche légèrement entrouverte.

— T'es sérieux ? Je ne pense pas que ce soit nécessaire. J'ai déjà du spray anti-ours.

— Le spray anti-ours est utile, mais ce serait bien que tu maîtrises au moins les bases du maniement des armes à feu. On vit dans un coin reculé, où les ours sont encore plus susceptibles de rôder, rétorqua Flynn.

—Je sais, mais ils gardent leurs distances, insista Daphné.

— En général, oui. Mais ça fait des années...

Il me jeta un coup d'œil.

— Tu te souviens de cet été-là ? reprit-il.

— Oh, oui.

— Quel été ? s'étonna Daphné.

Nora sourit.

— Un été, on a eu un problème avec un ours brun mâle. Il n'arrêtait pas de traîner dans le coin. C'était ma faute parce que j'avais laissé la poubelle dehors un soir. Quoi qu'il en soit, on avait dû garder une arme près de la porte au cas où il se montrerait, pour qu'on puisse s'en occuper rapidement.

Daphné écarquilla les yeux.

— Il a fini par partir, mais il nous a bien embêtés pendant un certain temps, dit Flynn.

— Bon, d'accord, dit Daphné d'un ton résigné.

— Au fait, le dîner était délicieux, dis-je en croisant le regard de Daphné.

Elle sourit.

— Merci. En même temps, j'ai préparé l'un de tes plats préférés.

— Les macaronis au fromage seront toujours mon plat préféré. Tu peux en faire tous les soirs, répondis-je.

— Hors de question que j'en fasse tous les soirs. Les clients finiraient par se lasser.

— Oh, je ne pense pas que ça les dérangerait, intervint Gabriel.

Nous rîmes tous de bon cœur. À cet instant, le téléphone principal de l'auberge se mit à sonner. Ce vieux téléphone était fixé au mur près de la porte donnant sur le couloir du fond, mais il servait rarement. Comme un seul homme, nous tournâmes la tête dans sa direction.

— Je vais laisser le répondeur prendre l'appel, commenta Daphné.

— T'as mis le volume à fond ? demanda Flynn.

— Attends je ne sais pas... Oui, c'est bon, dit Daphné après avoir traversé la cuisine.

Un instant plus tard, nous entendîmes le répondeur. Il s'agissait d'un message dicté par la voie polie de Daphné, avec son subtil accent du Sud. Ensuite, nous entendîmes : « Allô, ici Jen Williams de l'équipe d'intervention d'urgence de Diamond Creek. S'il vous plaît, rappelez-moi dès que possible. »

— C'est quoi ce bordel ? murmura Flynn.

Daphné tapa le numéro sur son portable au fur et à mesure qu'il était énoncé. Un instant plus tard, elle dit :

— Allô, j'appelle de la part de Walker Adventures. Vous venez de nous laisser un message.

Elle hocha la tête pendant que nous attendions tous.

— Oh, d'accord. Je peux vous donner le numéro de son frère. Attendez une minute.

Elle fit un geste vers Flynn et ajouta :

— C'est à propos de Harley. Il lui est arrivé quelque chose. Note-moi le numéro de Diego. Je ne le connais pas par cœur.

— Qu'est-ce qui est arrivé à Harley ? aboyai-je pratiquement pendant que Flynn griffonnait le numéro de Diego sur une serviette.

Daphné leva un doigt pour m'empêcher de l'interrompre.

— Oui, oui. Vous pouvez nous dire où elle se trouve ? Oui. D'accord, merci. On vous recontactera.

— Qu'est-ce qui se passe, putain ? demandai-je en me levant de table.

Mon état de relaxation venait de prendre abruptement fin.

— Harley a eu un accident, expliqua Daphné.

— Elle va bien ?

Mon cœur battait la chamade.

— Elle est à l'hôpital.

— Quel hôpital ? demandai-je avec empressement.

— L'agent de police a dit qu'elle se trouvait entre Diamond Creek et Kenai, mais plus près de Diamond Creek, donc ils l'ont emmenée là-bas.

— On doit y aller.

Je me dirigeais déjà vers le couloir.

— Il a dit qu'elle allait bien. Ils ne sont pas sûrs de la cause de l'accident, qui impliquait uniquement sa voiture. Elle a heurté la glissière de sécurité et sa voiture est passée de l'autre côté. Ils doivent appeler Diego parce qu'il est son plus proche parent, expliqua Daphné.

Alors que je continuais à traverser la cuisine, Flynn lança :

— Je viens avec toi. Je ne veux pas que tu conduises.

Quelques instants plus tard, Flynn et Daphné étaient à l'avant du SUV de l'auberge tandis que j'étais assis à l'arrière. Nora et Gabriel restèrent à l'auberge au cas où quelqu'un décidait de nous appeler à nouveau.

— Qu'est-ce qui a bien pu se passer ? Elle n'était même pas censée revenir avant deux jours, dit Daphné. Tu lui as déjà parlé ?

— Ah, non. Je lui ai laissé un message avant-hier et elle ne m'a pas rappelé.

— La femme qui nous a appelés a dit qu'elle allait bien.

— Oh purée. Je déteste attendre.

Le portable de Daphné sonna et elle décrocha.

— C'est Diego, lança-t-elle par-dessus son épaule. Salut, Diego. Ils t'ont donné plus d'informations qu'à moi ?

Je voulais lui arracher le portable des mains. Elle l'écoutait en hochant la tête.

— Oui, on est en route. Ah oui ? D'accord.

Un moment qui me sembla durer une éternité s'écoula avant qu'elle ne raccroche.

— Il ne sait pas ce qui a provoqué l'accident, mais il a obtenu plus d'informations auprès de l'hôpital. Elle a perdu connaissance, mais elle est déjà réveillée, et on dirait qu'elle n'a rien de cassé. Elle a juste une coupure à l'épaule due à un bris de verre.

Je posai mes coudes sur mes genoux en essayant de respirer lentement.

— Tu tiens le coup ? lança Flynn par-dessus son épaule.

— Oui, je vais bien, mentis-je.

Le reste du trajet se déroula en silence. Pendant chaque minute, je regrettai de ne pas avoir encore dit à Harley que je l'aimais. J'avais agi de façon idiote et puérile après qu'elle se fut énervée contre moi pour avoir parlé de son problème de santé à Diego. Ç'avait été mesquin de ma part de partir en excursion sans la prévenir. L'un de mes amis aurait très bien pu s'en charger. Peut-être qu'elle n'aurait pas eu cet accident si j'avais été là. Peut-être, peut-être, peut-être. Tout ce que je savais, c'est que j'avais besoin de la voir. L'envie était si puissante que j'avais envie de sortir de mon propre corps pour la rejoindre.

J'avais l'impression qu'une éternité s'était écoulée avant d'arriver à l'hôpital. Daphné et moi courûmes à l'intérieur pendant que Flynn se garait.

— On est là pour voir Harley Jackson. On est de la famille, dit Daphné dès que nous arrivâmes à la réception.

La réceptionniste baissa les yeux et tapota sur son clavier.

— Elle vient juste d'être amenée ici. Elle est en ce moment même dans une salle d'examen. Je vais prévenir le médecin que vous êtes là. Dès qu'on en saura plus, quelqu'un viendra vous parler.

— Vous pouvez me dire comment elle va maintenant ? lâchai-je.

La femme leva les yeux et me regarda calmement.

— Elle était dans un état stable à son arrivée.

— C'est tout ce qu'ils peuvent nous dire ? marmonnai-je quelques minutes plus tard, alors que nous étions assis dans la salle d'attente.

— C'est probablement tout ce qu'elle sait, dit Daphné en me tapotant le bras.

J'étais déterminé à dire à Harley ce que je ressentais. Désormais, peu importait qu'elle ne soit pas encore prête à l'entendre. J'avais la conviction qu'elle le serait.

Chapitre Trente-Quatre

HARLEY

Mon épaule me lançait.

— Comment vous vous sentez ? demanda l'infirmière.

Je baissai les yeux sur son badge, sur lequel était écrit Helen. Elle avait un air très terre-à-terre. Ses cheveux étaient noués en une tresse et ses yeux bleus étaient bienveillants.

— Je suis confuse, dis-je finalement.

Elle sourit doucement.

— Vous vous souvenez de ce qui s'est passé ?

— Je crois que je me suis endormie ou que je me suis évanouie.

Elle hocha la tête.

— Votre dossier indique des antécédents de TSV et votre glycémie est vraiment basse d'après votre prise de sang. Votre pouls était irrégulier lors de la première prise par les ambulanciers.

— Merde, marmonnai-je en tournant ma tête sur le côté. J'ai essayé d'y aller doucement avec ce médicament. Je voulais prendre la dose la plus faible possible, mais je suppose que je vais devoir l'augmenter.

— Vous devriez peut-être en parler à votre médecin. Vous avez de la chance.

— En quoi j'ai de la chance ?

— Eh bien, ça aurait pu être bien pire. Personne d'autre ne se trouvait sur la route à proximité lorsque l'accident s'est produit. Vous avez eu de la chance que quelqu'un soit passé juste après. On dirait que vous avez heurté la glissière de sécurité, que votre voiture est passée de l'autre côté et qu'elle a ensuite dévalé un talus.

La description crue de mon accident me noua l'estomac.

— Oui, je suppose que j'ai de la chance.

— On est en train de faire un scanner pour écarter l'hypothèse d'une hémorragie interne. Ensuite, on va recoudre votre blessure.

Elle fit un geste vers mon épaule, qui me lançait terriblement, avant de poursuivre :

— L'un des ambulanciers a parlé à votre frère, et une autre a prévenu quelqu'un qui s'appelle Daphné à votre domicile, dit-elle en regardant un écran d'ordinateur. Apparemment, vous avez déjà de la visite.

— Oh, waouh, murmurai-je.

— C'est agréable d'avoir des gens qui tiennent à vous, dit-elle avec un rapide sourire.

Heureusement, je n'avais pas d'hémorragie interne. Quinn se trouvait être le médecin de garde. Il anesthésia mon épaule avant de recoudre la plaie. Il me prescrivit des calmants malgré mes protestations. Helen avait dit : « Vous allez avoir très mal ce soir quand vous rentrerez chez vous, alors prenez-les. »

Une fois que j'étais prête à partir, il me sourit.

— Laisse-moi deviner : tu as pris un vol de nuit pour rentrer à Anchorage, tu n'as pas dormi, tu n'as probablement pas mangé non plus, et tu as décidé que c'était le bon moment pour rentrer en voiture.

— Peut-être, dis-je en le toisant.

— Tu pourras conserver ton permis de conduire, mais on doit augmenter la dose de médicament.

— Tu es sûr que je me suis évanouie ? Je me suis peut-être simplement assoupie, insistai-je.

— Non, tu t'es évanouie. J'ai lu les rapports. Ton rythme cardiaque était encore irrégulier à l'arrivée des ambulanciers.

Je poussai un soupir.

— D'accord. Je vais me plier à tes recommandations.

— Bien. Tu es prête à recevoir des visiteurs ? Tu peux en avoir deux à la fois.

— Combien de temps je vais devoir rester ici ?

Je voulais partir sans plus attendre.

— J'aimerais que tu restes encore au moins deux heures en observation.

— Mais il est déjà tard. Je ne peux vraiment pas rentrer chez moi ?

— Si, mais je ne te le conseille pas.

— Bon, d'accord, marmonnai-je.

— On fera entrer tes visiteurs dans quelques minutes.

Je ne savais pas du tout qui pouvait bien attendre dehors. Je me doutais bien que Diego serait là. Plus que tout, je voulais voir Grant. Je me sentais idiote et ridicule. J'étais tellement pressée de le rejoindre que j'avais failli me tuer en cours de route. Je repensai aux remarques de ma sœur sur mon entêtement. Je me pinçai les lèvres et poussai un gros soupir.

Peu importe ce que Grant avait dit ou ce qu'il ressentait, je voulais lui dire ce que j'éprouvais. Même si cela me terrifiait.

On frappa légèrement à la porte, puis Helen jeta un coup d'œil à l'intérieur.

— Il a insisté pour vous voir en premier.

Elle ouvrit la porte et me fit un clin d'œil juste avant que Grant entre, et mon cœur s'emballa. Il s'arrêta à un ou deux mètres de la porte. J'entendis un doux murmure d'air lorsqu'elle se referma derrière lui. Mon cœur s'emballa à nouveau et j'entendis le moniteur émettre des bips. Je croisai les doigts pour que personne d'autre ne vînt voir comment j'allais. J'avais déjà suffisamment honte d'être sur le point de craquer devant Grant. Je n'avais pas besoin d'un public.

Il me regarda dans les yeux de l'autre côté de la pièce. En quelques longues enjambées, il atteignit le côté de mon lit. Je n'avais même pas remarqué que mes mains étaient froides jusqu'à ce qu'il posât l'une des siennes sur ma main. La chaleur de son contact contrastait avec le froid glacial.

— Harley, ta main est gelée, déclara-t-il.

Avant même que je puisse ouvrir la bouche pour dire quoi que ce soit, la porte s'ouvrit à nouveau et Helen entra.

— J'ai cru un instant que vous étiez en train de courir un marathon, plaisanta-t-elle en s'approchant.

— Je suis juste nerveuse, dis-je d'une voix rauque.

Je fus mortifiée lorsque je sentis des larmes chaudes couler sur mes joues.

— Elle est gelée, dit Grant.

Helen hocha la tête.

— J'ai exactement ce qu'il lui faut.

Elle se retourna rapidement, franchit une autre porte de ma chambre et réapparut avec une couverture.

— C'est une couverture chauffante, précisa-t-elle.

J'acquiesçai en reniflant. Elle la posa sur moi et la chaleur rayonnante me soulagea instantanément.

— Oh, ça fait du bien.

Je passai ma main libre sur mon nez pour l'essuyer. Helen, visiblement prise de pitié, sortit plusieurs mouchoirs de la boîte posée sur le petit plateau à côté de mon lit et me les tendit. Ensuite, elle regarda Grant.

— C'est normal d'être émotive après un accident. C'est une expérience déroutante.

— Merci, dit Grant en hochant la tête.

Elle quitta rapidement ma chambre. Grant relâcha ma main, ce qui créa immédiatement une sensation de manque, mais il ajusta la couverture, la bordant plus étroitement autour de moi.

— Tu as besoin de te réchauffer. Qu'est-ce qui s'est passé ? demanda-t-il.

Ma gorge me faisait mal sous le coup de l'émotion et mes pensées étaient pêle-mêle, mais une pensée claire émergea de ce capharnaüm.

— Je t'aime, dis-je d'une voix rauque.

Il resta silencieux juste assez longtemps pour que les battements de mon cœur recommencent à s'accélérer. Cette fois-ci, j'étais anxieuse et j'avais peur d'avoir fait une erreur en lui disant ce que je ressentais. Non pas que je pensais qu'une déclaration d'amour devait forcément être réciproque, mais personne n'aimait être rejeté. Surtout pas moi.

— Je t'aime aussi, dit-il, la voix basse et le regard déterminé.

Mes larmes se remirent à couler de plus belle. Il regarda frénétiquement autour de lui avant d'apercevoir une chaise à proximité. Il la tira vers lui et s'assit dessus avant de prendre la boîte de mouchoirs et de m'en tendre d'autres.

Je m'essuyai les yeux et me mouchai, puis je marmonnai :

— Je suis désolée.

— Pour quoi ?

Je levai les yeux au ciel. Le sarcasme m'aidait toujours à retrouver mon calme. Je levai les mains alors que des larmes coulaient sur mes joues.

— Hé, Helen vient de dire que c'est normal.

— Je ne pleure pas parce que j'ai eu un accident.

Je reniflai un coup.

— Peut-être bien que si, dit-il doucement.

Il tendit la main et écarta les cheveux sur mon front avant de les rabattre en arrière.

— Tu m'as manqué.

Je déglutis et la boule dans ma gorge disparut.

— Tu m'as aussi manqué.

Je me mouchai à nouveau, puis je repris :

— Waouh. Je suis nulle pour les retrouvailles.

Je séchai mes larmes avec le mouchoir en papier roulé en boule.

Il haussa les épaules.

— Tu connais quelqu'un qui est doué pour ça ?

— Toi, par exemple, tu ne pleures pas.

Alors qu'il me dévisageait, je me rendis compte que ses yeux étaient brillants de larmes. Il posa sa main sur la mienne, toujours blottie sous la couverture, et la serra doucement.

— J'aurais dû te dire que j'allais m'absenter pendant deux semaines.

— Tu n'étais pas obligé d'y aller, fis-je remarquer.

Je ris aussitôt de mon propre entêtement et de ma volonté de le contredire.

— Non, c'est vrai.

Je pris une respiration tremblante, soulagée d'avoir l'air de maîtriser mes larmes.

— Je ne t'ai pas rappelé parce que je voulais revenir plus tôt et te faire la surprise. J'ai entendu dire que tu t'étais fait attaquer par un ours.

— Qui t'a dit ça ?

— Daphné. Tu vas bien ?

Cette fois, il leva les yeux au ciel.

— À peu près. J'aurai de belles cicatrices sur ma jambe. J'ai eu très mal quand c'est arrivé, mais je vais bien.

Je fondis à nouveau en larmes. Moi qui voulais la jouer cool, c'était raté. Je pris un autre mouchoir et me mouchai.

Chapitre Trente-Cinq

GRANT

Harley s'essuya les joues avec ses paumes et je lui passai d'autres mouchoirs. Ma gorge était nouée par l'émotion et ma poitrine me faisait mal.

— Tu vas bien ?

Elle renifla, cligna rapidement des yeux et leva les yeux vers moi.

— Oui, mais tu t'es fait attaquer par un ours, gémit-elle avant de fondre à nouveau en larmes.

C'était la première fois qu'une femme pleurait ainsi devant moi. Bien que j'eusse deux sœurs, elles étaient plus enclines à perdre leur sang-froid qu'à fondre en larmes.

— Je vais bien, insistai-je. Je te le jure. Tu veux voir ma jambe ?

Elle secoua rapidement la tête lorsque je me levai pour faire mine de déboutonner mon jean.

— Grant ! s'exclama-t-elle juste au moment où la porte s'ouvrit et où Helen jeta de nouveau un coup d'œil à l'intérieur.

L'infirmière posa son regard sur moi.

— Essayez de ménager son cœur. Sinon, ça risque de se reproduire.

Je regardai Harley et Helen avant de me rasseoir rapidement.

— Désolé.

Helen disparut à nouveau.

— De quoi elle parle ? demandai-je, conscient que Harley ne m'avait pas encore expliqué ce qui s'était passé.

— Tu sais que j'ai un problème au cœur, commença-t-elle en froissant un mouchoir en papier entre ses doigts.

— Oui, mais tu suis un traitement maintenant. Tu vas bien ?

— Quinn a dit qu'il devait ajuster la dose. Mais quand j'ai appris que tu étais blessé, j'ai un peu paniqué. J'ai décidé d'avancer mon vol de retour. Je n'ai pas beaucoup mangé pendant le vol et je n'arrivais pas à dormir. Après avoir atterri, j'étais fatiguée, mais je voulais rentrer au plus vite, alors j'ai commencé à conduire. Quinn m'a dit que je ne pouvais pas être désinvolte avec ce genre de choses. D'après le rapport des ambulanciers, il pense que je me suis évanouie, ce qui a provoqué l'accident. Je suis désolée, chuchota-t-elle d'une voix rauque.

Mes yeux se remplirent de larmes. Je pris ses mains dans les miennes et passai mon pouce sur son poignet, où je pouvais sentir les battements réguliers de son pouls. Le sentir était presque une nécessité pour moi. J'avais besoin d'être rassuré.

— Tu n'as pas besoin de t'excuser. Je comprends. Peut-être que j'ai réagi de façon excessive à cause de ce qui s'était passé avec ma mère, et...

Elle secoua rapidement la tête, faisant voler ses cheveux au passage.

— Ta réaction n'avait rien d'excessif. Mon problème de santé m'agaçait et je suppose que j'étais dans le déni.

— Toi ? Enfouir ta tête dans le sable ? plaisantai-je malgré la gravité du moment.

Elle leva les yeux au ciel et serra l'une de mes mains.

— Je suppose que j'ai toujours eu besoin d'être une dure à cuire. Je me suis braquée alors que j'aurais dû faire preuve d'intelligence. J'étais pressée de rentrer pour te voir, mais j'aurais dû m'arrêter et manger un morceau. Maintenant, je suis honnête avec toi à ce sujet, alors je t'en supplie, ne me renvoie pas ça dans la figure.

La vulnérabilité dans son regard manqua de me faire pleurer. Intensément ému, je lui souris, la joie chassant la peur qui avait élu domicile dans mon cœur.

— Comme si ça pouvait marcher, dis-je.

Elle avait l'air peinée.

— J'ai retenu la leçon. C'est possible que je me sois simplement endormie, mais j'ai eu de la chance qu'aucun autre véhicule ne se soit trouvé sur ce tronçon de route quand c'est arrivé. Quelqu'un est passé juste après l'accident, c'est pour ça que les ambulanciers sont arrivés si vite. Ma voiture a morflé, mais je vais bien.

— T'es sûre que tu vas bien ? insistai-je.

— Je vais avoir quelques bleus, mais tout compte fait, oui.

Le silence s'installa entre nous. Pendant tout ce temps, j'avais passé mon pouce sans relâche sur l'intérieur de son poignet pour sentir son pouls. Un instant plus tard, je me penchai et effleurai ses lèvres avec les miennes. Je n'avais pas l'intention d'aller plus loin qu'un baiser chaste.

Mais elle se pencha vers moi et émit un doux son au fond de sa gorge. Sa langue s'avança et glissa contre la mienne. En un instant, le moniteur émit à nouveau des bips frénétiques. Nous nous séparâmes juste avant qu'Helen n'ouvre de nouveau la porte.

— Tu parles d'un chaperon, murmurai-je.

Harley gloussa et renifla à nouveau.

Chapitre Trente-Six

HARLEY

Le lendemain, Daphné fit un signe de la main en direction de la table située à l'avant de la cuisine.

— Assieds-toi, ordonna-t-elle.

Lorsque je poussai un soupir, Daphné plissa les yeux.

— Tu crois vraiment que t'es en position de te plaindre ? Tu viens d'avoir un accident de voiture.

Je levai les yeux au ciel, mais je sentis malgré tout mes joues rougir.

— D'accord, marmonnai-je de façon presque inaudible.

— On va te choyer et te rendre folle, plaisanta Cat.

J'éclatai de rire et mon épaule douloureuse me lança. Mon propre entêtement et mon obstination m'avaient mise dans ce pétrin. Le plus frustrant, c'est que j'avais commencé à accepter la réalité de mon problème cardiaque. J'étais juste pressée de retourner auprès de Grant.

Je m'assis à la table, dans le coin que je préférais. À mon avis, il offrait la meilleure vue. Cependant, il fallait être très tatillon pour parler de « meilleure vue » en ce qui concernait l'auberge. D'un côté, il y avait une forêt à feuilles persistantes avec une jolie rangée de bouleaux le long de la colline en pente. D'ici un mois environ, le champ herbeux allait être inondé du rose de l'épilobe qui couvrait les champs ouverts de l'Alaska, offrant un magnifique tableau coloré. L'épilobe était le précurseur de l'automne ici et complétait à merveille ses teintes dorées et cuivrées.

La baie de Kachemak scintillait au loin, et au-delà, le mont Augustine trônait dans le bras de mer, un grand volcan silencieux émergeant de l'océan. Je n'arrêtais pas de me dire qu'un jour, j'irais là-bas. J'étais vraiment curieuse, mais ce serait pour un autre jour.

Perdue dans mes pensées, je commençai à me retourner lorsque j'entendis Cat dire quelque chose, puis je grimaçai.

— Tu vois ? Tu dois faire attention avec ton épaule, dit-elle en agitant son doigt comme si j'étais une enfant qu'elle réprimandait.

Elle posa le plateau qu'elle tenait dans son autre main à côté de moi.

— Qu'est-ce que c'est ? demandai-je.

— Goûte et devine. C'est comme une boîte de chocolats.

— Sauf que ce n'est pas une boîte de chocolats, fis-je remarquer.

Elle sourit.

— Je sais, mais ils ont tous des garnitures différentes.

— Ooh, quelles garnitures exactement ?

— Je te laisse la surprise.

— Heureusement que je peux faire confiance à Daphné et toi. Je ne suis pas très aventureuse sur le plan gastronomique.

— Vraiment ? demanda Cat.

— Je dirais que je suis dans la moyenne. Mais je ne goûterais pas un plat au hasard sans savoir ce qu'il contient.

Les roulés étaient moelleux et leur surface brillante.

— Qu'est-ce qui les fait briller ? demandai-je en en soulevant un.

— C'est grâce à ma méthode pour faire lever la pâte, précisa Daphné.

— Je n'y connais pas grand-chose, admis-je en jetant un coup d'œil à Cat.

Elle sourit et décrivit un cercle en l'air avec sa main, visiblement impatiente que j'y goûte. Je pris une bouchée.

Les saveurs se répandirent sur ma langue : un goût salé avec un soupçon de sucré, du fromage, des épinards.

— Du fromage et quelque chose de sucré avec des épinards ?

Le sourire de Cat s'élargit.

— Essaie de deviner le fromage.

Je pris une autre bouchée pour confirmer mon hypothèse.

— Du brie, annonçai-je.

Elle tapa dans ses mains.

— Quoi d'autre ?

— Des épinards et un petit goût sucré que je n'arrive pas à identifier.

— Du sucre roux. Le sucre rend tout meilleur, affirma Daphné.

Je terminai le roulé et jetai un coup d'œil à Cat.

— Tu sais, on n'a toujours pas fait la soirée cartes.

Elle haussa les épaules.

— Je sais. Le théâtre occupe presque tout mon temps libre en ce moment. Encore deux week-ends et on pourra l'organiser.

Quelques minutes plus tard, je sentis la présence de Grant avant même de le voir, lorsqu'un frisson remonta le long de ma colonne vertébrale et qu'une chaleur m'envahit. Honnêtement, même si j'avais accepté mes sentiments pour lui, c'était troublant de voir à quel point il m'affectait aussi facilement et intensément.

Je jetai un coup d'œil par-dessus mon épaule. Il s'était arrêté près du comptoir et disait quelque chose à Flynn, qui avait dû entrer avec lui. Qu'il ait perçu mon regard ou non, il s'interrompit au milieu de sa phrase et tourna les yeux vers moi. Ses lèvres se retroussèrent aux coins, puis il se tourna vers Flynn et lui donna une légère tape sur l'épaule avant de s'avancer vers la table où j'étais assise. Flynn le suivit du regard, puis il s'arrêta pour me regarder dans les yeux. Il me fit un clin d'œil avant de se retourner pour embrasser Daphné sur la joue.

Grant s'assit à côté de moi et me demanda immédiatement :

— Comment tu te sens ?

— Je suis fatiguée que les gens me demandent comment je me sens, répondis-je.

Imperturbable, Grant haussa les épaules.

— Fais avec. C'est ce que font les gens quand ils tiennent un minimum à toi.

Ce qui m'aurait autrefois agacée ne m'arracha rien de plus qu'un petit rire.

— Et toi, comment tu te sens ? dis-je en jetant un coup d'œil à sa cuisse, bien que son jean couvre sa blessure.

— Ça gratte, répondit-il.

— C'est bon signe. Ça veut dire que ça cicatrise déjà.

Trop heureuse pour chipoter, je me contentai de m'adosser à ma chaise, savourant la sensation de son bras autour de mes épaules.

— J'ai le droit de t'embrasser devant tout le monde ?

Je rougis comme une tomate et jetai un coup d'œil par-dessus mon épaule.

— Oui, mais n'en fais pas des caisses.

— Je sais bien que les marques d'affection en public, ce n'est pas ton truc, murmura-t-il avant de se pencher et de déposer un baiser léger sur le creux de mon cou.

Mes poils se hérissèrent instantanément à cet endroit et mon corps tout entier fut pris de frissons. Mon Dieu, comment allais-je pouvoir vivre avec cet homme ? Enfin, je vivais déjà avec lui, alors c'était pratique.

Quelques heures plus tard, nous étions de retour à la maison du personnel. Il n'y avait que Grant et moi.

— Quand est-ce que la pièce de Cat commence ? demandai-je.

— Tu parles des représentations proprement dites ?

Grant étira ses jambes et posa ses pieds sur la table basse. Lorsque je hochai la tête, il précisa :

— Je ne suis pas sûr, mais je pense que ce sera le week-end prochain. Je suis censé le savoir.

— Moi, je n'en sais rien, répondis-je en haussant les épaules.

— Honnêtement, ça ne me dérangerait pas que ses répétitions durent des mois.

— Ah oui ?

Je rentrai mes pieds sous mes genoux en m'adossant au coin du canapé. Il me jeta un coup d'œil et répondit :

— Carrément. Ça voudrait dire qu'on aurait la maison pour nous seuls. Au fait...

Il se pencha, passa son long bras autour de ma taille et m'attira près de lui avant de poursuivre :

— ... T'es trop loin.

J'éclatai de rire. Il se rapprocha, resserra son étreinte et laissa ses lèvres effleurer les miennes avant de murmurer :

— Alors, on fait quoi maintenant qu'on a toute cette intimité ?

Des papillons s'envolèrent dans mon estomac et mon souffle se fit court.

— Je ne sais pas, t'es blessé.

— Toi aussi, fit-il remarquer.

La veille au soir, nous nous étions un peu chamaillés pour savoir lequel de nous deux était le plus amoché. Je soutenais que c'était Grant, parce qu'il avait plus de points de suture que moi. Lui, en revanche, affirmait que c'était moi parce que j'avais eu un accident de voiture, ce qui, selon lui, était plus spectaculaire qu'une attaque d'ours. Je me sentis obligée d'en remettre une couche.

— Je tiens juste à préciser que je ne pense pas qu'un accident de voiture soit plus spectaculaire qu'une attaque d'ours.

Son souffle caressa mon cou lorsqu'il rit doucement, juste avant de mordiller la peau sensible qui s'y trouvait. Je frissonnai contre lui.

— Pourquoi tu dis ça ?

Il leva la tête et croisa mon regard.

— Parce que les accidents de voiture sont fréquents. Mais les attaques d'ours sont bien plus rares, fis-je remarquer.

— Je ne sais pas si on peut vraiment parler d'attaque, rectifia-t-il. Elle m'a juste donné un coup de patte à la jambe.

— Pff, vous autres, les Alaskiens, vous avez vraiment un problème.

— Comment ça ?

— Tu fais comme si ce n'était pas grave alors que tu as des points de suture à cause d'un ours !

— Je vais bien. Statistiquement, les orignaux blessent plus de gens que les ours en Alaska. J'étais probablement plus en danger la fois où tu as chassé cet orignal.

— Waouh, toi, t'es vraiment un mec.

— Biologiquement parlant, oui, plaisanta-t-il.

Son regard devint plus sérieux.

— Je te promets que je vais bien, murmura-t-il juste avant de baisser la tête et de revendiquer ma bouche dans un baiser audacieux et impérieux.

Les baisers de Grant avaient signé ma perte. Dès le premier, il m'avait fait succomber à son charme. J'étais à bout de souffle quand il leva la tête.

Mon cœur battait la chamade et j'aspirai une bouffée d'air.

— On ne peut pas faire ça ici, murmurai-je.

— Pourquoi pas ? On a la maison pour nous seuls.

Avant que je puisse répliquer, il me souleva avec précaution, me remit sur pied et me déshabilla avec la lenteur savoureuse de quelqu'un qui déballait un cadeau.

Je tremblais d'impatience lorsqu'il se leva et se débarrassa de son jean. Même si je l'avais déjà vue la veille, je ne pus m'empêcher de haleter en voyant sa cuisse. De profondes marques zébraient sa surface. Les points de suture étaient nets.

— Ne t'inquiète pas pour ça, dit-il quand je levai les yeux vers lui. Inquiète-toi pour toi, et je m'inquiéterai pour moi. Bref, on en était où ?

Quelques secondes plus tard, il était assis et je le chevauchais.

Cette position était la meilleure option pour nous deux. Mon épaule me lançait un peu, mais je n'avais pas à me contorsionner ni à faire trop de mouvements brusques.

Quand je le sentis me remplir lentement et délicieusement, je me perdis dans ses yeux sombres.

—Je t'aime, murmura-t-il.

ÉPILOGUE

Grant

— J'ai tellement hâte ! chuchota Harley à côté de moi.

Elle serra ma main, ses doigts enlacés aux miens sur l'accoudoir entre nos sièges dans le petit théâtre. Je souris.

— Pareil. J'espère que tout se passera bien, Cat avait l'air nerveuse.

— C'est vrai, approuva Daphné en s'écartant de Harley pour me jeter un coup d'œil. Elle a dit qu'elle stressait parce que c'est sa première représentation.

— Elle va cartonner, commenta Nora derrière nous. Je sais que c'est une bonne actrice.

— Et tu tiens ça d'où ? demanda Flynn en se penchant derrière Daphné pour regarder Nora.

— Je le sais parce qu'elle était déjà la reine du drame quand elle était petite, ironisa Nora.

— Ça, j'imagine bien, commenta Harley en gloussant.

Nous étions tous là : Diego et Gemma d'un côté de moi, Daphné et Flynn de l'autre côté de Harley, Elias et Cammi derrière nous avec Nora et Gabriel à côté d'eux, et Skylar et Tucker plus loin. Cat s'était plainte qu'on avait utilisé tous ses billets gratuits, alors Flynn avait décidé d'en acheter pour tout le monde. À son grand désarroi, Cat découvrit plus tard qu'on était

tous installés aux premiers rangs. Cependant, elle avait joyeusement distribué ses billets gratuits à ses amis.

Les lumières s'éteignirent peu à peu et nous nous tûmes.
Lorsque le rideau s'ouvrit, j'étais nerveuse pour ma petite sœur.
Elle avait travaillé très dur pour en arriver là. Heureusement, elle
joua brillamment son rôle, au point de me faire verser quelques
larmes. La salle ovationna toute la troupe à la fin. Daphné s'était
arrangée pour que des fleurs lui soient livrées de notre part.

Nous nous rassemblâmes autour de Cat après la représentation.
Elle était rayonnante et ne fit même pas de commentaire sarcas-
tique lorsque je la serrai dans mes bras et lui chuchotai à l'oreille :

— T'as tout déchiré.

Elle recula et sourit à Harley et moi.

— Je n'ai pas de répétition ce soir, mais je vais rester pour
l'after. Ça ne vous dérange pas ?

Flynn gloussa et me tapa sur l'épaule après que Cat se fut
détournée.

— Bien sûr que non. Vous avez à nouveau la maison pour
vous tout seuls. Et au cas où t'aurais oublié... t'es amoureux,
souligna-t-il.

Je l'étais, et je ne me souciais même pas de savoir qui me
taquinait à ce sujet.

Plus tard dans la soirée, Harley déclara :

— On devrait attendre Cat.

Quand je lui demandai pourquoi, elle me regarda.

— Parce que c'était sa première représentation devant un
public. C'est énorme.

J'en conclus que je devais me dépêcher et me mis à la
taquiner jusqu'à ce qu'elle rougisse. Quand la porte s'ouvrit,
Harley descendit si vite de mes genoux que j'éclatai de rire.

Cat entra et écarquilla les yeux en nous voyant. Elle jeta un
coup d'œil à la télévision, qui était allumée même si on ne la
regardait pas.

— Pourquoi vous m'avez attendue ?

Harley se leva, traversa la pièce et la serra dans ses bras. Quand elle se recula, elle posa les mains sur les épaules de Cat.

— Pour te féliciter encore une fois parce que t'as été extraordinaire.

— Vraiment ?

— Absolument.

— Je suis trop contente que tu sois ma future belle-sœur, répondit Cat.

Harley ouvrit de grands yeux, abasourdie. Je ne lui avais peut-être pas encore fait ma demande, mais j'avais l'intention d'épouser Harley. Il fallait qu'elle comprenne qu'elle était tout ce que je voulais.

Quand elle me regarda, je haussai les épaules.

— Le moment est peut-être mal choisi, mais tu sais bien que toi et moi, c'est pour la vie.

Cat couina de joie et les yeux de Harley manquèrent de sortir de leurs orbites avant que des larmes ne coulent sur ses joues. Je me levai d'un bond du canapé.

— Hé. Je ne voulais pas te contrarier, dis-je alors qu'elle secouait la tête.

— Tu ne m'as pas contrariée. Je suis juste...

Son propre reniflement l'interrompit. Je la pris dans mes bras.

— Hé, je ne faisais que te taquiner. Enfin, pas vraiment, mais...

Elle leva les yeux vers moi.

— La réponse est oui.

Cat couina à nouveau.

— Ça m'a fait plaisir d'avoir été témoin de cette scène, dit-elle un moment plus tard, après que Harley eut essuyé ses larmes et se fut mouchée.

— Pourquoi ? demandai-je.

— Parce qu'on est tous colocs et que vous vous êtes vus dans mon dos pendant ce qui m'a semblé être une éternité. Autant faire ta demande en mariage devant moi. Je savais que ça allait arriver avant même que vous ne soyez ensemble.

Sur ce, elle monta les escaliers à toute vitesse avant de lancer :

— Bonne nuit ! Je suis crevée.

Un peu plus tard, allongé dans le lit, je glissai mes doigts dans les cheveux de Harley. Elle traça des cercles sur mon torse et dit tout bas :

— Tu sais qu'on peut attendre.

— Je sais, mais pourquoi attendre alors qu'on sait tous les deux ce qu'on ressent ?

Elle plongea ses yeux d'un vert éclatant dans les miens.

— Waouh, murmura-t-elle.

Merci d'avoir lu l'histoire de Grant & Harley - j'espère que vous l'avez aimée !

Inscrivez à ma newsletter ! Ça fait quelques années qu'Harley et Grant se sont retrouvés dans Liens irrésistibles. Profitez de cette tranche de vie, tirée de leur avenir.

Liens irrésistibles Scène bonus: https://BookHip.com/QXRFMCS

Ou inscrivez-vous à ma newsletter directement ici : https://jhcroixauthor.com/FR

Vous pouvez retrouver la série Au Cœur des Flammes ici: **Au Cœur des Flammes**

Vous pouvez retrouver la série Les Romances des British Boys ici: **Les Romances des British Boys**

À PROPOS DE L'AUTEUR

J.H. Croix est une auteur sur la liste des meilleures ventes USA Today, elle vit dans le Maine avec son mari et leurs deux chiens gâtés. Croix écrit des romances contemporaines à couper le souffle avec des femmes fortes et des hommes alphas qui n'ont pas peur de montrer leurs émotions. Son amour des petites villes et des personnages qui y vivent habite sa prose. Baladez-vous dans les folles romances de ses bestsellers!

jhcroixauthor.com